Monika Feth
In Schottland heißen Löcher Lochs

Monika Feth

In Schottland heissen Löcher Lochs

Mit Bildern von
Irmtraud Guhe

Patmos

Die Deutsche Bibliothek – CIP-Einheitsaufnahme

Feth, Monika:
In Schottland heißen Löcher Lochs / Monika Feth.
Mit Bildern von Irmtraud Guhe – 1. Auflage –
Düsseldorf: Patmos Verlag, 1995
ISBN 3-491-37327-1

1. Auflage 1995
Umschlagillustration: Irmtraud Guhe
Umschlaggestaltung: Ulrike Selders
Satz: Fotosatz Moers, Mönchengladbach
Druck und Verarbeitung: OAN, Zwenkau
ISBN 3-491-37327-1

Mamas Haare kräuseln sich. Als ob sie naß wären. Aber es ist nur Gel aus der Tube. Simon faßt Mamas Haare nicht gern an, wenn sie Gel draufgeschmiert hat. Dann sind sie hart und strohig. Wie das Zeug, mit dem Simon im Kindergarten immer basteln mußte.
Simon mag nichts Hartes. Er mag nur Weiches. Mamas Samtweste, die streichelt er gern. Wenn seine Finger darüberfahren, dann fühlt er sich wie in einer Höhle. Oder als würde eine sehr alte Frau mit einer sehr alten Stimme ihm Märchen vorlesen.
Das Schaffell vor Mamas Bett faßt er auch gern an. Obwohl es ihn dabei gruselt. Weil es die tote Haut von einem toten Tier ist.
Manchmal bestraft Simon sich dafür, daß er das tote Fell so gern berührt. Dann geht er auf den Balkon und guckt übers Geländer in die scheußliche Tiefe. Er hört erst auf damit, wenn ihm schlecht ist.
Am liebsten von allem Weichen mag er Don. Nur ist Don leider alles andre als ein Schmusekater. Simon hat immer Kratzer von ihm auf der Haut. Wenn die einen abgeheilt sind, kommen frische dazu.

Jetzt sitzt Don auf der Fensterbank, zwischen der Buntnessel und dem Frauenhaarfarn, der jeden Tag Wasser braucht, um nicht zu vertrocknen. Das gelbe Rosenbäumchen, das vorher da stand, hatte Läuse.
Don hat Flöhe.
Als Simon daran denkt, fängt sein Kopf an zu jucken. Er kratzt sich mit der Gabel.
Im selben Augenblick kratzt sich auch Don auf der Fensterbank. Das macht ein heftiges, scheuerndes Geräusch.
Simon beobachtet Don und kratzt sich stärker. Es juckt jetzt auch im Nacken und an den Schultern. Vielleicht ist ein Floh von Don auf Wanderschaft gegangen. Vielleicht will er ausprobieren, wie es sich so auf Simons Kopf spazierengehen läßt. Von Dons schwarzem Fell zu Simons hellen Haaren, das ist, als käme man aus einem Wald auf ein Weizenfeld.
„Simon“, sagt Mama. „Hör auf damit.“
Womit? Mit Denken oder Kratzen?
„Ich hab ’nen Floh von Don“, sagt Simon.
Mama hört gar nicht richtig hin. Sie sieht auf die Uhr. Sie ißt nicht mit Simon. Sie trinkt nur eine Tasse Kaffee. Es macht keinen Spaß zu essen, wenn der gegenüber bloß trinkt. Überhaupt ist es nur ein aus Resten zusammengemanschtes Essen. Nudeln, Paprika, Tomaten und Wurst. Simon haßt Mischmaschessen, und Mama weiß das genau.
Lustlos angelt er nach einem Scheibchen blasser Wurst. Die Paprikastücke sind verschrumpelt wie die Wangen von Frau Kleiber, der Mathelehrerin. Von den Tomaten sind nur zusammengerollte Hautfetzen übriggeblieben. Als wäre über dem Topf ein roter Luftballon zerplatzt. Simon schiebt sie an den Tellerrand.

Mama kocht nicht gern. Sie kocht nur Sachen, die höchstens eine halbe Stunde dauern. Oder schon fertig sind. Sie hat einen großen Vorrat an Dosen und Tiefkühlkost.
„Brrr", sagt Simon angewidert. Leider war sein Mund noch voll. Rotbraune Spritzer verteilen sich auf der gelben Wachstuchdecke.
„Simon!" Mama holt den Wischlappen von der Spüle. „Wie alt bist du eigentlich?"
Das ist eine der Fragen, auf die sie keine Antwort haben will. Simon gibt ihr die Antwort trotzdem.
„Neun", sagt er. „Neuheuuun!" Und schlägt mit der Gabel in die Restepampe. Er weiß nicht, warum er das tut. Manchmal kommt das einfach so über ihn. Paprikastückchen platschen auf den Tisch. Ein Wurstscheibchen segelt wie eine winzige fliegende Untertasse über den Tischrand hinaus und landet auf dem Boden. Eine Nudelspirale prallt gegen Mamas Bauch und hinterläßt einen Flecken auf ihrer weißen Bluse.
Mama knallt den Lappen auf den Tisch, hebt die Bluse an und besieht sich die Bescherung. Auf ihrer Stirn werden Wutfalten wach. Gleich wird sie anfangen zu brüllen.
„Man sieht's doch kaum", sagt Simon schnell. „Zieh die Weste drüber, und kein Mensch merkt's."
Mama läßt den Zipfel der Bluse fallen. „Verdammt noch mal!" brüllt sie. „Kann ich mir nicht *einmal* was vornehmen, ohne daß du Theater machst?"
Don, aufgeschreckt von ihrer lauten, plötzlich ganz hohen Stimme, springt von der Fensterbank und verschwindet aus der Küche. Simon legt die Gabel weg und bringt sich in Sicherheit.

Der sicherste Ort ist das Bett. Simon kuschelt sich in die Decke und summt leise vor sich hin.
„Faarewei iin Amerika ..."
Die Jungen aus seiner Klasse singen das immerzu. Sie grölen es in den Pausen auf dem Schulhof wie eine jaulende Hundemeute, und in diesen Augenblicken sind sie wie Pech und Schwefel.
Manchmal darf Simon mit ihnen über den Schulhof ziehen, und er geht mit gespreizten Beinen, genau wie sie, genau wie die Helden in den Western mit ihren staubigen Stiefeln.
„... iin Amerika ..."
Natürlich gehört er nicht richtig dazu, nicht für lange. Aber für kurze Zeit, das reicht ihm schon. *Der Spatz in der Hand ist mir lieber als die Taube auf dem Dach.* Omas Satz. Simon hat ihn nie verstanden, bis Oma ihm einmal die Bedeutung erklärt hat. Daß man zufrieden sein soll mit dem, was man hat. Daß man nicht von Dingen träumen soll, die unerreichbar sind.
Simon will die Taube. Und irgendwann einmal wird er sie kriegen. Und solange träumt er eben davon.

Aus der Küche dringt das Klappern, Klimpern und Klirren von Geschirr, das Poltern und Quietschen von gerückten Stühlen. Mamas Wut ist noch nicht verraucht.
Simon angelt sich den Reisekatalog aus dem Regal, rollt sich auf den Bauch und schlägt ihn auf. Es ist ein England-Schottland-Irland-Katalog. Simon blättert bis Schottland. Da sind die Seiten vom vielen Anfassen schon ganz dreckig und zerknittert.
Wenn er groß ist, wird er nach Schottland fahren. Um Nessie

zu sehen, das Ungeheuer von Loch Ness. Niemand in seiner Klasse glaubt an Nessie. Er wird allen beweisen, daß es sie wirklich gibt, eine riesige grüne Schlange mit einem breiten, freundlichen Gesicht. Er wird sich eine Taucherausrüstung kaufen und nach ihr suchen.

Herr Hauser hat ihnen in Sachkunde erzählt, daß *Loch* das schottische Wort für *See* ist. Alle haben gelacht. Aber für Simon war das ganz klar. Viel genauer als *See*. Weil ein See doch nichts anderes ist als Wasser in einem tiefen Loch.

„Es gibt viele Löcher in Schottland", hatte Simon gesagt.

Wieder hatten alle gelacht, diesmal über Simon. Sie lachen oft über ihn. Als wär er ein Witz auf Beinen.

„Es heißt *Lochs*", hatte Herr Hauser ihn verbessert.

Simon ist nicht gut in Deutsch. Er macht viele Fehler, wenn er schreibt. Aber daß die Mehrzahl von *Loch* nicht *Lochs*, sondern *Löcher* heißt, das weiß sogar er. Trotzdem hat er sich angewöhnt, jetzt *Lochs* zu sagen. Manchmal ist eben auch das Falsche richtig, auf eine merkwürdige Art und Weise.

Er versenkt sich in den Anblick der Bilder. Wasser. Blaue und grüne Hügel. Ein zerfetzter Himmel mit Fransenwolken. Und überall auf den Hügeln Schafe, wie Watte auf das Grün und Blau getupft. Dundee. Kilmarnoch. Airdrie. Dumfries. Dunfermline. Armadale. Drumnadrochit. So unaussprechliche Namen. Simon wird es lernen, sie auszusprechen. Irgendwann. Und sie nie mehr vergessen. Es wird ihm mit diesen Namen nicht gehen wie mit den Wörtern in Deutsch und Sachkunde, an die er sich oft schon in der Pause nicht mehr erinnern kann. Diese Namen wird er behalten. Er wird sie in seinem Kopf einschließen und nicht mehr rauslassen.

Don springt auf das Bett und macht es sich am Fußende bequem. Simon würde jetzt gern einen Fuß ausstrecken und die Zehen in Dons Fell vergraben. Aber er hat noch die Schuhe an. Und die Jeans. Überhaupt alles. Er ist einfach so ins Bett gekrochen.
Schon steht Mama in der Tür. „Die Bettwäsche hab ich gestern frisch ..."
Simon setzt sich auf. Er hält ihr den aufgeschlagenen Katalog hin.
„In den Ferien, Mama, wenn wir nach Schottland fahren, nach ..." Er versucht, den Namen zu lesen, verhaspelt sich, „... nach ... Solna ..."
Mama nimmt ihm den Katalog aus der Hand. Sie klappt ihn zu und pfeffert ihn ins Regal zurück. „Ins Bad! Zähneputzen."
Simon plumpst auf den Boden der Wirklichkeit zurück. Sie werden nicht nach Schottland fahren. Nicht in diesen Ferien und nicht in den Ferien nächstes Jahr. Sie haben kein Geld. Sie werden nie welches haben. Nicht bevor Simon erwachsen ist und selber Geld verdient.
Er schält sich aus der Bettdecke und versetzt Don einen Stoß mit dem Fuß. Er weiß nicht, warum.
Mama hat es gesehen. Sie macht wieder ihr Warum-mußt-du-dich-eigentlich-immer-so-aufführen-Gesicht. Und fängt auch wirklich an. „Warum mußt du ..."
Den Rest hört Simon nicht mehr. Er hat die Badezimmertür hinter sich zugezogen und schraubt den Deckel von der Zahnpastatube.
„Faarewei iin Amerika ..."

Simon hat sich und Don gerade zugedeckt, als es läutet. Mama läßt seinen Pullover auf den Stuhl fallen und schwebt zur Tür. Wenn Mario kommt, werden ihre Bewegungen leicht und anmutig. Wie die der Ballerina in dem wolkenduftigweißen Tüllrock, die Simon mal in einem Film über Tänzerinnen gesehen hat.

Der Pullover liegt, in sich zusammengesunken, auf dem Stuhl. Ein müder Hampelmann ohne Beine. Oder ein toter. Simon muß ihn unbedingt anders hinlegen, diesen halben, verlassenen Hampelmann, der so tot aussieht. Damit er wieder ein Pullover wird. Sonst wachsen ihm in der Dunkelheit auf einmal Beine und Füße, und er läuft herum und erschreckt Don.

Simon geht zum Stuhl, macht die Augen zu, streckt die Arme aus und knautscht das Ding zusammen. Er blinzelt durch einen schmalen Spalt. Gut. Jetzt sieht es wieder wie ein Pullover aus.

Wo er nun schon mal auf ist, kann er auch eben in die Küche gehen und etwas trinken.

Mario hält Mama im Arm und küßt ihren Hals mit seinen dicken roten Lippen. Mama kichert und gluckst. Sie steht auf Zehenspitzen. Mario ist viel größer als sie.
„Hej, Simon, Alter“, sagt Mario über Mamas Schulter.
Er heißt überhaupt nicht Mario. Er heißt Kurt. Aber er mag den Namen nicht. Und hat sich einfach umgetauft.
Auf sein „Hej, Simon, Alter” antwortet Simon nicht. Er drückt sich an ihnen vorbei und öffnet den Kühlschrank. Mama wird jetzt nicht mit ihm schimpfen. Sie wird auch nicht schimpfen, wenn er sich Cola nimmt. Sie wird es nicht mal sehen. Mario hat sich wieder über ihren Hals gebeugt, der lang und schlank und weiß ist, ein Schwanenhals. Die Küche, der Kühlschrank und Simon sind ihr im Augenblick ziemlich egal.
Nach dem Zähneputzen schmeckt Cola nicht. Trotzdem gießt Simon sich ein zweites Glas voll. Dann schüttelt er die Flasche und schraubt sie wieder auf.
Zischend entweicht die Luft. Wie bei einem Geysir. Oder einem Drachen, früher, als die Frauen noch kostbare Gewänder und spitze Schleierhauben trugen und die Männer starre Rüstungen.
Mama sagt noch immer nichts. Obwohl die Sitzbank und sogar ein Teil der Tapete von Colasprenkeln versaut sind.
Mario läßt Mama los und schält sich aus der Lederjacke, schwarze, glänzende, tote Haut. Und plötzlich erinnert Mama sich wieder an Simon.
„Wieso liegst du nicht im Bett?“ fragt sie.
„Ich hatte Durst“, sagt Simon, obwohl er zum Reden jetzt eigentlich keine Lust hat.
Mario droht ihm mit dem Finger. Unter dem Fingernagel ist

ein dicker schwarzer Rand, weil Mario Autoschlosser ist und mit öligen Ersatzteilen arbeitet. „Ab in die Heia, aber Tempo!“
Klar, daß Simon sich jetzt auf keinen Fall beeilen darf. Mario ist nicht sein Vater.
Leider ist der Weg in sein Zimmer nicht weit genug, um Mario richtig zu ärgern. Da ist schon das Bett. Simon seufzt. Er kriecht unter die Decke und horcht auf die Stimmen von nebenan. Don kuschelt sich an seinen Nacken.

Mama kommt und beugt sich über ihn. Sie riecht nach Marios Rasierwasser. Simon dreht den Kopf weg.
„Kriege ich keinen Kuß?“ gurrt sie. „Nicht mal einen winzig kleinen?“

Das wär ja, als würde man Mario küssen. Simon zieht sich die Decke über den Kopf.
„Dann eben nicht." Mama gurrt nicht mehr. Sie drückt die Decke um Simon zusammen. „Ulli weiß Bescheid", sagt sie. „Wenn was ist, gehst du rüber, ja?"
Ulli ist die Nachbarin. Sie hat einen Schlüssel und kommt ab und zu nachgucken, wenn Mama abends weg ist. Ihre Stimme ist zu laut und zu rauh, und wenn sie getrunken hat, behandelt sie Kinder wie junge Hunde, aber sonst ist sie ganz in Ordnung.
„Kommst du?" Mario steht in der Tür, die Lederjacke schon überm Arm. Seine Fragen sind oft verkleidete Befehle.
Mama will aufstehen, doch Simon wirft ihr die Arme um den Hals und hält sie fest. Ein Schwall von Marios Rasierwasserduft ergießt sich über ihn. Er hält die Luft an und gibt Mama einen Kuß auf die Wange, vorsichtig, damit er nicht an ihren Hals kommt, an die Stelle, die Mario vor ihm geküßt hat.
Überrascht läßt Mama sich gegen ihn sinken, und er spürt, wie weich sie ist.
Und wenn wir jetzt einfach so bleiben? denkt er. So ineinander verschlungen wie diese Brunnenfiguren, die schwarz sind und einen grünlichen Schimmer haben und manchmal, ganz selten, an Glückstagen vielleicht, einen goldenen Glanz? Doch da hat Mama sich schon von ihm gelöst. Sie richtet sich auf und schaltet das Licht aus. Marios dunkler Körper verschluckt das spärliche Licht, das aus dem Flur ins Zimmer fällt.
„Läßt du das Licht im Flur an?" fragt Simon.
Mama läßt es immer brennen. Trotzdem fragt Simon jedes-

mal. Es ist ein Spiel, auf das er nie verzichtet. Die Frage und die Antwort sind immer gleich.
Doch jetzt kommt Mama nicht zu ihrer Antwort. Sie müßte sagen: „Natürlich. Das weißt du doch." Aber Mario quasselt dazwischen.
„Du hast Angst im Dunkeln?"
Mama schiebt ihn hinaus. „Laß ihn", sagt sie.
„Das mußt du ihm abgewöhnen", hört Simon Marios Stimme, die sich endlich entfernt. „Er ist neun."
„Eben", sagt Mama.
Die Wohnungstür fällt ins Schloß, und Simon ist allein.
Vorsichtshalber wartet er noch ein bißchen. Falls sie was vergessen haben und noch mal zurückkommen.
Sie kommen nicht zurück. Mama hat anscheinend an alles gedacht. Kamm, Lippenstift, Lidschatten, Parfüm. Wenn sie mit Mario ausgeht, malt sie sich vorher immer an. Bis sie ganz fremd aussieht. Wie eine der schönen, wohlriechenden Damen, denen man manchmal in der Stadt begegnet, da, wo die teuren Geschäfte sind.
Simon schlägt die Decke zurück und steht auf. Ulli kommt immer im Trampelschritt über den Hausflur. Er wird sie rechtzeitig hören.
Er holt sich eine Tüte Kartoffelchips aus dem Küchenschrank, gießt sich ein Glas Apfelsaft ein und trägt beides ins Wohnzimmer. Don, der das Knistern der Packung gehört hat, kommt herüber. Er ist ziemlich verfressen. Sie setzen sich aufs Sofa, und Simon schaltet den Fernseher ein. Jetzt ein schöner Samstagabendfilm, das würde ihm gefallen.
Mit der Fernbedienung schaltet er durch die Programme. Eine Musiksendung. Ein Quiz. Eine Talkshow, wo sie bloß

reden und reden. Ein Liebesfilm, wo sie sich küssen und verzweifelt und glücklich sind. Aber dann. Ein Film mit Bud Spencer und Terence Hill.
Simon gibt Don zwei Chips und stopft sich selbst eine Handvoll in den Mund.
Und schon verliert Bud Spencer die Geduld. Im erbarmungslosen Licht der Sonne wirft er einen mächtigen Schatten. Er schiebt die Ärmel hoch, schüttelt bedauernd den Kopf. Und schlägt zu.
Simon seufzt. Seine freie Hand macht eine Faust und donnert auf das Sofakissen. So stark müßte man sein!
Die halbe Tüte ist leer, da hört er Ulli über den Hausflur stapfen. Rasch schaltet er den Fernseher aus und das Licht im Wohnzimmer, rennt in sein Zimmer und springt ins Bett, daß der Lattenrost ächzt. Er zieht die Bettdecke bis ans Kinn.
Der Schlüssel im Schloß. Die Tür. Ullis Schritte. Simon schließt die Augen.
Und dann riecht er sie. Er könnte sie unter hundert Leuten in einer vollbesetzten U-Bahn erkennen. Mit verbundenen Augen. Einfach an ihrem Geruch. Ulli verströmt immer einen säuerlichen Geruch nach Schweiß.
Simons Augen wollen wieder aufgehen. Er kneift sie fest zu. Hält den Atem an.
Schritte. Die Tür.
Jetzt aber schnell. Sonst ist der Film schon halb vorbei.
Als Simon das Licht im Wohnzimmer anknipst, sieht er plötzlich Ulli. Sie lehnt an der Wand, die speckigen Arme vor dem einschüchternden Bauch verschränkt. Kaut Kaugummi. Und grinst.

„Bist drauf reingefallen, was?"
Simon könnte sich ohrfeigen. Er hat vergessen, auf die Schritte im Treppenhaus zu horchen.
„Ich kann nicht schlafen", sagt er lahm.
„Keine Ausreden!" Vielleicht ist sie irgendwie mit Mario verwandt. Sie redet auch immer im Befehlston. „Marsch ins Bett!"
Wie blöd er dasteht! Auf frischer Tat ertappt. Simon schleicht ins Bett zurück. Jetzt wird Ulli dableiben, bis er schläft.
Aus dem Wohnzimmer hört er Fernsehgeräusche. Aber Ulli guckt nicht den Film mit Buddy. Es hört sich nach Liebesfilm an. Schmachtendes Saxophon. Wimmernde Geigen. Die Stimme eines Mannes. Die Stimme einer Frau. Sternenhimmel, Mondschein und Leidenschaft. Ulli liebt Filme, in denen zwei sich verlieren und wiederfinden. Sie heult dabei eine ganze Packung Papiertaschentücher naß. Ihren eigenen Mann wirft sie alle vier Wochen aus der Wohnung. Und jedesmal kommt er zurück.
„Wie ein geprügelter Hund", sagt Ulli zu Mama.
„Wie ein geprügelter Hund", sagt Mama zu Mario.
„Ulli ist keine Frau", sagt Mario zu Mama. „Sie ist ein Monster." Er sagt das, obwohl er Ulli kaum kennt.
Simon schläft ein. Und träumt davon, wie er Mario mit einem einzigen Fausthieb in den Boden rammt.

Am Morgen steht Simon kurz vor neun auf. Er schlüpft in die Jogginghose und den Pullover von gestern, dreht die Heizung auf und zieht den Vorhang zurück. Der Himmel ist grau, die Häuser sind grau, die Straße ist grau. Feiner Regen fällt. Mist! Also kein Fußball heute, kein Spielplatz. Ein langweiliger, endloser Sonntag breitet sich vor ihm aus.
Don gähnt, erhebt sich von dem zerdrückten Kopfkissen und macht sich lang. Er kommt zu Simon, reibt den Kopf an seinen Beinen, springt auf die Fensterbank und quetscht sich zwischen den vertrockneten Knisterefeu und den staubigen Stapel von Eisenbahnkatalogen. Nach einem Blick auf das trostlose Grau wendet er sich vom Fenster ab und schaut Simon vorwurfsvoll an. Will er sich denn nicht endlich um das Frühstück kümmern?
Simon bohrt die Nase in das warme Fell. Don schnurrt und stupst Simon ans Ohr. Dann versetzt er ihm einen Schlag in den Nacken.
„Spinnst du?“ Simon greift sich dahin, wo Don ihn getroffen hat. Es tut höllisch weh, brennt wie Feuer.
Don schnurrt lauter. Er springt von der Fensterbank, schiebt die angelehnte Tür auf und schlüpft hinaus.

Fabelhafte Kinderbücher

Illustration: Józef Wilkon

Durch Lesen, Lernen und so weiter
wird man klüger und gescheiter.
Das Nashorn hätt auch gern gelesen,
wär es nicht so müd gewesen.
Bernd Kohlhepp

Auf dem Weg zur Küche steckt Simon den Kopf ins Wohnzimmer, das Mama jeden Abend in ein Schlafzimmer verwandelt, indem sie das Sofa auszieht und ein Bett daraus macht.
Drei Füße gucken unter der schiefhängenden Bettdecke hervor. Es ist klar, wem der dritte Fuß gehört. Mario hat dicke, krumme Zehen und gelbe Hornhaut an der Ferse. Und schnarchen tut er auch.
Simon hatte schon vermutet, daß Mario hier schlafen würde. Es passiert immer öfter in letzter Zeit. Aber Simon wäre heute sowieso nicht zu Mama ins Bett gekrochen. Nach einem Abend mit Mario hat sich dessen Geruch in ihrem Haar und überall auf ihrer Haut verfangen.
In der Küche macht Simon sich Cornflakes mit Milch zurecht. Don folgt ihm vom Kühlschrank zum Tisch, vom Tisch zur Besteckschublade und wieder zum Tisch zurück. Simon beachtet ihn nicht. Er setzt sich auf seinen Platz. Don springt neben ihn auf die Bank und starrt ihn aus seinen bernsteingelben Augen an.
„Du hast mich gekratzt", sagt Simon.
Don leckt ihm über die Hand. Seine Zunge ist klein und rosig und fühlt sich an, als wäre sie mit Schmirgelpapier überzogen.
„Na gut", sagt Simon. „Wenn du Besserung gelobst." Das hat mal Frau Kleiber zu Simon gesagt, nachdem sie ihn beim Mogeln erwischt hatte. Simon hat keine Ahnung, wie man das macht, Besserung geloben. Vielleicht muß man dazu in die Kirche gehen, eine Kerze anzünden und vor dem Altar einen Eid ablegen. Damals hatte er nur genickt, und Frau Kleiber war zufrieden gewesen.

Aber Don kann nicht nicken. Er kann auch keine Kerze anzünden. Er würde ja nicht mal die Kirche finden.
Simon beschließt, ihm einfach so zu verzeihen, auch ohne das Geloben. Er faßt in die Cornflakesschale, angelt ein durchweichtes Stück heraus und hält es Don hin. Don zieht es mit seiner Schmirgelzunge ins Maul. Er schmatzt beim Kauen.
So ein Sonntagsfrühstück ohne Mama ist eine ziemlich einsame Angelegenheit. Und Don ist an manchen Tagen nicht eben gesprächig. Simon hebt ihn auf den Tisch, damit er leichter an die Schale herankommt. Don frißt von der einen Seite, Simon ißt von der andern.
„Sei bloß froh, daß Mama das nicht sieht", sagt Simon.
Mama ekelt sich vor Tieren. Daß Don bei ihnen ist, verdankt Simon einem Zufall. Der Hausmeister hatte ihn vor zwei Jahren im Keller entdeckt. Niemand wußte, wie er da hineingeraten war. Niemand wollte ihn haben. Ausgerechnet Mama zerfloß beim Anblick des kleinen, spitzen Gesichtchens in Mitleid. Und als Don wieder gesund und kräftig war, brachte sie es nicht mehr übers Herz, ihn wegzugeben.
Simon ist schnell satt. Er ist kein guter Esser, sehr zum Kummer von Oma. Sie betrachtet bei jedem Besuch besorgt seine Schultern, seine Handgelenke und seine Knie. „Nur Haut und Knochen", sagt sie dann. Sie läßt einen traurigen Blick über den Rest von Simon gleiten und sieht Mama an. „Gibst du dem Jungen auch wirklich genug zu essen?"
Mehr muß sie nicht sagen, um Mama auf hundertachtzig zu bringen. „Simon kriegt, was er braucht! Hör endlich auf, über ihn zu reden, als wär er kurz davor zu verhungern."

Spätestens dann kann Simon gehen. Sie streiten nämlich und merken gar nicht mehr, ob er da ist oder nicht. Sogar in seinem Zimmer hört er Mamas erregte Stimme, obwohl sie in der Küche sitzen und die Tür zugemacht haben. „Ich bin kein Kind mehr!“ Mama schreit es fast. Oma ist immer die Verliererin in diesem Streit. Sie ist Mama nicht gewachsen. Simon steckt sich die Finger in die Ohren. In eine Ecke gekauert, schaukelt er vor und zurück, vor und zurück, bis ihm wieder wärmer ist und leichter ums Herz.
Don ist fertig. Er leckt sich das Maul und beginnt sich zu putzen. Simon setzt ihn vorsichtshalber auf die Bank zurück. Falls Mama überraschend hereinkommt.
Im Haus sind jetzt die ersten Geräusche zu hören. Schritte, ein Radio, irgendwo weiter weg die Wasserspülung.

Simon geht in sein Zimmer und schiebt eine Kassette in den Kassettenrecorder. Er dreht den Ton sonntagleise. An Sonntagen schlafen die meisten lange. Die von oben haben sich schon ein paarmal über Simons Musik beschwert.
Rondo Veneziano. Simon hat sich die Kassette von seinem Taschengeld gekauft. Eigentlich nur, weil ihm der Name gefiel. Da wußte er noch gar nicht, welche Art von Musik das war. Als er sie dann zum erstenmal hörte, da war es, als würde er fliegen. Oder in einem Auto ohne Verdeck schnell und geräuschlos durch eine einsame Landschaft fahren.
Er kramt in der Kiste mit seinen Malsachen, legt sich auf den Boden und zeichnet Nessie. Er hat sie schon so oft gezeichnet, daß der Stift übers Papier gleitet, ohne zu stocken. Heute will er sie mit Wasserfarben ausmalen. Es gibt kein Filzstiftgrün, das richtig paßt.
Don ist mit der ersten Hälfte seiner Morgenwäsche fertig und erledigt die zweite in Simons Bett. Das macht er immer so. Er hat seine festen Gewohnheiten. Danach wird er wieder einschlafen, und nichts und niemand kann ihn daran hindern.
Plötzlich fängt Simon an, sich zu langweilen. Er schiebt den Malblock beiseite und stellt den Pinsel ins Glas.
„Soll ich Mama wecken?" Er fragt Don oft um Rat. Don ist ein weiser Kater.
Nein, sagt Don.
Mama behauptet, daß Don nicht sprechen kann. Sie hat ja keine Ahnung.
„Nein?" Simon legt sich zu Don aufs Bett, das Gesicht ganz nah an seinem Fell. Er fühlt ihn atmen. „Du bist ein Feigling, Donnie."

Laß sie schlafen, sagt Don. *Du weißt, wie sie ist, wenn sie nachts unterwegs war.*
„Motzig", sagt Simon. Er hält Don die Faust vor die Nase. „Na und? Ich bin stark, Mister Don."
Ja, sagt Don und gähnt. Es ist Zeit für sein Nickerchen.

„Aufstehn!" ruft Simon. Er hatte vor, Mama leise zu wekken. Vorsichtig, wie man einen schlafenden Hofhund anspricht. Aber manchmal tut sein Mund, tun seine Hände und Füße nicht das, was Simon will. Dann tun sie, was sie selber wollen. Und seine Hände wollen jetzt die Bettdecke wegziehen. Unbedingt.
„Simon!"
Wenn Mama ihn so ansieht, hat Simon Angst vor ihr. Aber seine Augen wollen trotzig zurückgucken. Sein Mund will grinsen. Obwohl das Mama noch wütender macht.
Jetzt wacht auch Mario auf. Er knurrt.
„Grrr", macht Simons Mund. Und dann sagt dieser Mund: „Raus jetzt, Kurti!"
Kurti!
Simon sieht Marios wütendes Gesicht. Die kräftigen Muskeln unter seiner nackten, sonnenstudiobraunen Haut. Den tätowierten Leoparden auf dem rechten Oberarm. Nichts wie weg!
Er rennt los und sucht Zuflucht bei Don.

Und das ist Mario." Mama zeigt auf Mario, als wäre er die neue Figur eines Bildhauers in einem unaufgeräumten Atelier.
Mario setzt sein Begrüßungslächeln auf. Seine weißen Zähne blitzen Oma an.
„Soso", sagt Oma und reicht Mario eine schlaffe Hand.
Mama ist schon auf dem Weg in die Küche. Um ihre Fassung wiederzugewinnen. Oma ist überraschend gekommen. Sie liebt überfallartige Besuche. Da kann sie sich ein Bild darüber machen, wie es bei Mama und Simon so zugeht, wenn sie nicht vorbereitet sind.
Unordentlich geht es zu. Mamas Sachen von gestern noch über den Sessellehnen, die Betten nicht gemacht, und zum Putzen war letzte Woche keine Zeit. Aber wenigstens sind sie schon angezogen.
Nach Omas „Soso" ist Marios Haifischlächeln verblaßt. Er nimmt ihr den Mantel ab und hängt ihn an die Garderobe. Oma wendet sich von ihm ab und folgt Mama in die Küche. Sie setzt sich neben Simon und legt ihm den Arm um die Schultern.
„Nur Haut ...", fängt sie an und verstummt, als Mario in die

Küche kommt. Sie kneift die Lippen zusammen, bis sie sind wie zwei schmale, blutleere Striche.
Mama gießt Wasser in die Kaffeemaschine. „Kannst du nicht vorher anrufen?" fragt sie, ohne sich umzudrehen.
„Wie denn, wenn keiner rangeht?" lügt Oma unverfroren. Das Telefon hat nicht ein einziges Mal geklingelt. Simon grinst in sich hinein.
„Es ist spät geworden gestern", sagt Mama und fängt an, den Tisch zu decken.
Mario geht ihr zur Hand. Als wäre das bei ihm ganz normal. Dabei rührt er sonst keinen Finger. Er wickelt den Käse aus dem Papier, zupft die Scheiben auseinander und verteilt sie wie Blütenblätter auf einem großen Teller, so daß sie aussehen wie ein weit geöffneter Tulpenkelch. Eine gelbe Käsetulpe, nur eben eckig.
Dasselbe macht er mit dem Aufschnitt. Zwischen seinen Lippen schaut die Zungenspitze hervor. Das tut sie auch, wenn er etwas aufschreibt.
„In Wirklichkeit heißt er Kurt", flüstert Simon Oma zu.
Oma hebt die Augenbrauen. Das heißt, es sind eigentlich gar keine Brauen, denn Oma zupft sich die Härchen aus. Es sind sorgfältig gemalte, dünne Bögen, die ihr Gesicht immer ein wenig erstaunt aussehen lassen.
„Wir hatten uns für heute was vorgenommen", sagt Mama. Diesmal ist sie die Lügnerin. Jedenfalls war nicht die Rede davon, daß sie etwas unternehmen wollten.
Pikiert schlägt Oma die Beine übereinander. „Könnt ihr nicht umplanen?"
Mama dreht sich zu ihr um. Sie schenkt Oma einen langen, finsteren Blick.

„Umplanen? Wie stellst du dir das vor? Wir sind verabredet."
Simon ist immer noch davon überzeugt, daß sie lügt. Die Verabredung hat sie erfunden. Jetzt, gerade in diesem Moment, einfach so. Bewundernd sieht er sie an.
„Mit wem denn?" fragt er scheinheilig.
„Mit Freunden von mir", kommt Mario Mama zu Hilfe.
Er lügt nicht so gekonnt. Sein Blick flackert unsicher zu Mama und bleibt an ihr kleben.
„Keine Lust", sagt Simon. Er genießt das so sehr, daß er es wiederholt, diesmal in Marios Worten. „Null Bock."
Mit Oma im Rücken traut er sich das. Da würde er sich noch viel mehr trauen.
„Null Bock?" Oma schüttelt den Kopf. „Wie redest du denn, Simon?"
„Wie alle Jungs in seinem Alter reden", sagt Mama. Sie steuern schon wieder auf einen waschechten Streit zu. Simon hört es Mamas Stimme an, und er sieht es daran, daß Omas Augen schmaler geworden sind.
„Aber eine Tasse Kaffee wirst du mir doch wenigstens anbieten?" fragt Oma.

Mama hat die besten Tassen zusammengesucht. Mario hat ausgerechnet die erwischt, bei der der Finger kaum in den Henkel paßt. Er versucht gar nicht erst, den Finger durchzuschieben. Er nimmt die Tasse in die Hand wie ein Glas, aber oben am Rand, um sich nicht zu verbrennen.
Oma bemerkt das, aber sie sagt nichts dazu. Vier minus, denkt Simon. Mario ist schon durchgefallen, bevor Oma überhaupt mit der Prüfung angefangen hat.

„Und was machen Sie beruflich?“ fragt sie Mario.
„Ich bin Kraftfahrzeugmechaniker“, sagt Mario mit gespitzten Lippen. Sonst antwortet er auf diese Frage, daß er Kisten aufpoliert. Aber Oma zwingt ihn irgendwie zum Vornehmtun.
„Soso.“
„In einer großen Werkstatt“, sagt Mama stolz und himmelt Mario an, als wär er der Held aus einem der Krimis, die sie immer in der Stadtbücherei ausleiht.
Mario bemüht sich um Tischmanieren. Er ißt wie ein Vögelchen. Wenn er könnte, würde er für Oma glatt in einen Smoking springen.
„Ach ja?“
Mama sitzt plötzlich sehr aufrecht. Simon kennt das an ihr. Das bedeutet, daß sie sich ärgert und nach einer Antwort sucht, die niederschmetternd ist.
„Jawohl“, sagt sie. „Übrigens heiraten wir, Mario und ich.“
Simon verschluckt sich an seinem Kakao. Mamas Satz hat ihn getroffen wie ein Schlag in die Magengrube. Er verzieht die Lippen zu einem Lächeln. Das kann nur ein Scherz gewesen sein. Er schaut Mama genau an. Das kann nur ein Versuch gewesen sein, Oma zu ärgern. Mario? Der ist doch keiner zum Heiraten.
Oma holt Luft, um etwas zu sagen, doch Mama ist schon aufgestanden. „Wir müssen los, Mutter. Simon, du kannst bei Oma bleiben, wenn du nicht mitkommen willst.“
Im Schnelldurchgang beseitigt sie die Spuren der Nacht, drückt Simon einen flüchtigen Kuß auf die Wange, winkt Oma zu und stöckelt Mario hinterher ins Treppenhaus. Still steht der Duft ihres Parfüms in der Küche.

„Na wunderbar", sagt Oma.
Sie räumt auf. Mama haßt es, wenn Oma das tut. Hinterher findet sie nichts wieder. Simon mag es auch nicht, wenn Oma sich an seinen Sachen zu schaffen macht. Sie rafft alles zusammen, was auf dem Boden liegt, und wirft es wahllos in die Spielzeugkisten. Es dauert Tage, bis Simon die alte Unordnung wiederhergestellt hat.
„Du könntest mir ruhig ein bißchen helfen", sagt Oma, schmutzige Wäsche in den Armen.
„Sonntags räumen wir nie auf", sagt Simon.
„Hier scheint überhaupt niemals jemand aufzuräumen", murmelt Oma. Sie setzt sich zu Simon aufs Sofa, nimmt ihm die Fernbedienung ab und schaltet den Fernseher aus. Die Wäsche hat sie jetzt auf dem Schoß liegen.
„Dieser Mario", sagt sie, „wie kommst du denn mit ihm zurecht?"
Heiraten? Mama und Mario? Je länger Simon darüber nachdenkt, desto weniger glaubt er daran. Genausowenig wie an diese Verabredung. Andrerseits ...
„Wenn sie den heiratet", sagt er, „dann mach ich die Fliege."
„Die Fliege?"
Sie versteht nicht. Oder tut nur so. Oma redet wie eine Königin, und sie will, daß auch alle andern so reden. Tun sie das nicht, klappt sie einfach die Ohren zu.
„Ich hau ab", erklärt Simon. „Entweder Mario oder ich. Beide zusammen, das geht nicht."
„Simon." Oma knüllt die schmutzige Wäsche auf dem Schoß zusammen. Ihre Stimme ist plötzlich ganz weich. „Du bist neun."
„Na und?" Er könnte sich einen Bart ankleben. Und Geld

aus Mamas Schwere-Zeiten-Kassette nehmen. Da ist immer was drin für den Notfall. Simon kann sich keinen schlimmeren Notfall vorstellen als Mario für immer und ewig.
Er wird mit dem Fahrrad abhauen. Damit ist er schneller als zu Fuß. Den Katzenkorb mit Don schnallt er auf dem Gepäckträger fest. Schlafen können sie unter Brücken und in Scheunen.
Aber im November? Manche Stadtstreicher sind im Winter schon erfroren. Landstreicher sicher auch. Außer, sie finden einen Kuhstall. Da ist es warm. Nur der Gestank!
„In Schottland gibt es viele Schafe", sagt Simon nachdenklich.
„Wie?"
„Schafe", sagt Simon. „In Schottland. In einem Schafstall ist es genauso warm wie in einem Kuhstall. Aber es stinkt nicht so."
Oma streicht ihm durchs Haar. Sie guckt ihn an, als wär er krank.

Mario bleibt bis Montag, dann zischt er endlich ab. Mama steht mit ihm auf und macht ihm Frühstück. Simon hört sie in der Küche hantieren. Mario läuft zwischen Wohnzimmer und Bad hin und her. Jedesmal wenn er an Simons Tür vorbeigeht, zerschneidet er für einen Moment den Lichtstreifen, der auf den Teppichboden fällt.
Jetzt schaltet er den Rasierapparat ein. Simon mag das Brummen, aber er mag nicht, daß es von Mario kommt. Er kuschelt sich tiefer in die Bettdecke. Heute fällt die erste Stunde aus. Er kann noch ein bißchen liegenbleiben.
Schläfrig horcht er auf die Stimmen aus der Küche. Kaffeeduft ist in sein Zimmer gekrochen. Don scheint schon aufgestanden zu sein. Simon kann ihn nirgends fühlen.
Hinter dem Vorhang ist es noch dunkel. Es ist überhaupt ständig dunkel im November. Wenn man aufsteht, wenn man ins Bett geht. Und die Nachmittage sind meistens auch nicht richtig hell. Simon hat plötzlich große Sehnsucht nach einem warmen, sonnigen Tag. Einem blauen Windwolkentag wie auf den Schottlandfotos im Katalog. Obwohl es in Schottland angeblich unentwegt regnen soll.
Die Wohnungstür fällt zu, Mario ist gegangen.

Simon streckt sich und gähnt. Seine Zehen krallen sich wollüstig in das Bettzeug. Er spürt noch die Wärme der Nacht. Sie glüht in seinen Armen und Beinen und vor allem in seinem Bauch.
Don kommt ins Bett zurück. Er riecht nach Katzenfutter. Behäbig läßt er sich an Simons Schulter nieder und bringt den zweiten Teil seiner Wäsche hinter sich.
Simon rückt näher an ihn heran. Zu nah, denn Don faucht und schlägt nach ihm.
„Mistvieh", sagt Simon und schält sich aus der Bettdecke.
Mama hat sich wieder hingelegt. Sie hat heute ihren freien Vormittag. Da schläft sie sich immer aus, und Simon darf sie nicht wecken. Außer bei einer Katastrophe wie Erdbeben oder Feuer vielleicht. Aber Erdbeben gibt es hier nicht, und gebrannt hat es bloß mal bei Ulli. Als sie die Sauger von den Babyfläschchen ausgekocht und auf dem Herd vergessen hat. Es war nur eine Stichflamme. Ulli konnte sie mit einem einzigen Eimer Wasser löschen.
Simon poltert zum Klo. Er poltert in die Küche. Wär schön, wenn Mama davon wach würde. Aber sie wird nicht wach.
Sie hat ihm ein Gedeck hingestellt. Auf ihrem Teller und dem von Mario liegen Brotkrümel und abgeschnittene Käserinden. In den Tassen ist noch kalter Kaffeerest.
Simon frühstückt im Schlafanzug. Aufs Waschen verzichtet er. Auch aufs Zähneputzen. Er packt seine Schultasche und zieht sich an. In der Schublade sind keine frischen Socken mehr, und die von gestern und vorgestern haben ein Loch.
Er geht ins Wohnzimmer.
„Mama? Kann ich ein Paar von deinen Socken haben?"
„Hmh."

Heißt das nun ja oder nein? Er knipst das Lämpchen auf der Kommode an. Mama bewegt sich raschelnd. Ihr Haar liegt auf dem Kopfkissen ausgebreitet wie ein schwarzer Fächer. Oder wie ein Pfauenrad.
Simon nimmt ein Paar Socken von Mama, macht das Licht wieder aus, zieht sich fertig an und verläßt die Wohnung.

Komisch, daß niemand auf dem Schulhof ist. Simon stellt sich an den Platz, wo sie immer auf den Lehrer warten müssen, bei dem sie die nächste Stunde haben. Er vertreibt sich die Zeit damit, daß er mit einer leeren Kakaotüte Fußball spielt, bis sie vollständig verbeult ist.
Schon zehn vor neun. Da fängt doch die Stunde an.
In Simons Bauch grummelt es wie vor einem Gewitter. Irgendwas stimmt hier nicht. Irgendwas ist falsch. Sie können doch nicht alle zu spät kommen.
Er geht die Treppe rauf. Es ist viel zu ruhig. Eine Ahnung meldet sich in Simon. Hat er etwa wieder was falsch verstanden?
Die letzten Meter rennt er über den glatten Flur, auf die Kleiderhaken zu. Sie sind vollgehängt mit Jacken und Mänteln!
Er reißt den Ranzen vom Rücken. Mit einem ohrenbetäubenden Lärm kracht er auf den Boden. Simon hält die Luft an. Aber es passiert nichts. Keine der Türen öffnet sich. Kein Lehrer sieht nach, was da draußen los ist.
Leise jetzt! Leise! Simon zieht den Anorak aus und hängt ihn an seinen Haken.
Über den Haken kleben bunte Bildchen. Ein Pilz, eine Blume, ein Marienkäfer, ein Mond. Jedes Kind durfte sich selbst eins malen. Simon hat Nessie gemalt. Das war damals, als er

in die erste Klasse gekommen war. Und so sieht Nessie auf diesem Bild auch aus. Ein zu groß geratener Regenwurm mit Kulleraugen und Grinsemaul.
Simon horcht an der Tür. Herr Dankwart redet. Herr Dankwart ist der Klassenlehrer. Er legt Wert auf Dis-zi-plin. So sagt er es immer, Dis-zi-plin, mit Betonung auf Dis. Dis-zi-plin bedeutet: ruhig auf dem Pausenhof aufstellen, in Zweierreihen gehen, zuhören, keine Briefchen schreiben, keine Papierkügelchen werfen, keine Raufereien, kein Träumen im Unterricht.
Zuspätkommen, und dann noch um eine ganze Stunde, das ist alles andre als Dis-zi-plin. Das ist die reine ... Un-dis-zi-plin. Das ist ... Chaos.
Simon steht da, die Hand ausgestreckt, und traut sich nicht, die Klinke anzufassen und runterzudrücken. Er hört sein Atmen und dann ein Sausen in den Ohren.
Vorher anklopfen oder nicht?
Jetzt redet ein Kind hinter der Tür, aber Simon erkennt die Stimme nicht.
Anklopfen? Die Tür aufmachen wie sonst auch? Oder nur ganz leicht aufschieben?
Er denkt an Buddy. Der würde die Tür einfach einschlagen. Aber der ist eben Bud Spencer. Was hätte Buddy gemacht, als er so alt war wie Simon?
Er hätte die Tür aufgestoßen.
Genau das tut Simon schließlich. Dem donnernden Geräusch hinterher, stolpert er in die Klasse. Alle starren ihn an. Wortlos, den Kopf gesenkt, steuert er auf seinen Platz zu. Der ist hinten. Weil Simon immer stört. Sozusagen als Strafe. Er setzt sich hin, zurrt den Reißverschluß an seinem Ranzen

auf und packt die Deutschsachen aus. Der erste Blick nach vorn landet direkt in den Augen von Herrn Dankwart.
Herr Dankwart lehnt an der Tafel.
„Ich warte", sagt er.
Er wartet? Simon hebt die Schultern.
„Kannst du dir nicht denken, worauf?"
„Nö", sagt Simon. Je größer seine Angst ist, desto frecher wird er. Das ist immer so. Es ist wie bei seinen Loks. Wenn sie erst mal in Schwung gekommen sind, werden sie schneller und schneller, bis sie in rasender Fahrt dahinpreschen.
Er könnte jetzt die Wahrheit sagen. Daß er geglaubt hat, die erste Stunde würde ausfallen. Daß er sich vertan hat. Das kann schließlich jedem passieren. Schwamm drüber, erledigt, vorbei. Aber Herr Dankwart würde ihm nicht glauben. Er glaubt ihm nie. Simon hat schon zu oft Dinge mißverstanden. Er ist zu oft zu spät gekommen, hat zu oft Hausaufgaben nicht gemacht, zu oft Bücher zu Hause vergessen oder das Geld für irgendwas.
Vor so einem, der ihm sowieso nicht glaubt, kriecht er nicht im Staub. Das steckt er weg, wie Buddy es wegstecken würde. Locker.
Herr Dankwart lehnt immer noch an der Tafel. Natürlich weiß Simon, worauf er wartet. Auf eine Entschuldigung.
Entschuldigen Sie bitte, Herr Dankwart? Eher würde Simon sich die Zunge abbeißen.
„Keine Erklärung, Simon?"
Simon schüttelt den Kopf. Er kramt einen Stift aus dem Mäppchen und malt Kringel in sein Deutschbuch.
„Wir sprechen uns nach der Stunde." Herr Dankwart stößt sich von der Tafel ab, dreht sich um und schreibt etwas an.

Auf seinem schwarzen Jackett sind Kreidespuren.
Die Sonne scheint hell.
Die helle Sonne scheint.
Hell scheint die Sonne.
„Wer kann mir die Unterschiede erläutern?“
Die Sätze sind alle gleich blöde. Klar, daß die Sonne hell scheint. Eine dunkle Sonne würde überhaupt nicht scheinen. Simon legt den Kopf auf die Arme und guckt aus dem Fenster. Der Himmel ist grau und stumpf. Nicht die Spur von einer Sonne. Nur trübes, sickerndes Winterlicht.
Der Virus erläutert die Unterschiede. Simon kann sich keinen Unterschied vorstellen, den der Virus nicht erläutern könnte.
Der Virus heißt eigentlich Elvira und ist zum Luftschnappen schön. Zum Umkippen klug außerdem. Und obwohl Simon weder das eine noch das andre ist, dreht Elvira-Virus sich manchmal verstohlen nach ihm um und guckt ihn an mit einem Blick, der ihm mit kalten Fingern über den Rücken streicht. Vielleicht hat er ihr deshalb den Namen gegeben. Damit keiner merkt, was mit seinem Rücken los ist und mit ihm, wenn Elvira sich nach ihm umdreht.
Nachdem sie die Unterschiede erklärt hat, setzt sie sich wieder hin und wirft ihr Haar zurück. Es ist braun und schimmert, wenn Licht darauf spielt, rötlich. Ihre Wangen haben die Farbe von Buschwindröschen.
Von den Unterschieden hat Simon nichts mitgekriegt. Die sind ihm auch egal. Schnurzpiepe.
Elvira dreht sich nach ihm um und sieht gleich wieder weg. Virus, denkt Simon und kneift sich ins Bein, damit ihm nicht so zärtlich zumute ist.

Faarewei iin Amerika ...“ An solchen Tagen gehört ihnen der ganze Pausenhof. Die Kleinen gehen ihnen schon aus dem Weg, wenn sie sie nur streng angucken. Die aus den dritten Klassen brauchen manchmal erst einen Anraunzer, bevor sie Platz machen. Aber Platz machen sie schließlich alle, sogar die aus der anderen vierten.

Heute gehört Simon dazu. Sein Auftritt hat ihm Respekt verschafft. Das traut sich so leicht keiner. Simon ist einer von ihnen, diesmal vielleicht sogar für länger.

Heute spielt es keine Rolle, daß er in einer Wohnung mit nur zwei Zimmern wohnt. Daß er in einem Haus wohnt, in dem die meisten Männer keine Arbeit haben und die Frauen abends putzen gehen. Daß seine Mutter wie ein Paradiesvogel herumläuft und er seinen Vater nicht mal kennt. Es spielt keine Rolle, daß er die schlechten Noten sammelt wie andere Briefmarken, Glanzbilder oder Modellautos.

„Faarewei“, singt Simon.

Seine Stimme ist viel heller als die der andern. Dieser Stimme hat er es zu verdanken, daß er in Musik eine einsame, strahlende Zwei geerntet hat. Wenn er singt, kriegt Frau Kleiber, die außer Mathe auch Musik unterrichtet, nasse Augen.

„Wie ein Engel", hat sie gesagt, als sie ihn zum erstenmal singen hörte, und sich trompetend die Nase geschneuzt. In ein Taschentuch, das blaßgrün umhäkelt war und den schweren Duft von Kölnisch Wasser verströmte.
Wie ein Engel! Sofort war er bei Charly und den andern für ein paar Tage wieder unten durch. Danach hat Simon eine Zeitlang versucht, zu brummen und unter den Tönen her zu singen, aber es ist ihm nicht gelungen.
Am Ende der Wiese bleiben sie stehen. Charly läßt sich lässig gegen die bröcklige Mauer sinken. Er scharrt mit der Fußspitze im mageren Wintergras. Seine Turnschuhe sind neu. Sie sind schwarz, genauso wie die Turnschuhe, die Mama Simon nicht gekauft hat, weil sie zu teuer waren.
Simon starrt auf Charlys Füße.
„Was hat denn der Dankwart gesagt?" fragt Charly.
„So geht das nicht weiter, Simon, so nicht." Simon kann das gut, den zackigen Tonfall von Herrn Dankwart nachahmen. „Ich gebe dir noch *eine* Chance, die allerletzte."
Charly lacht. Tim, Franjo, Bob und Felix lachen auch. Auf der Welle ihres Gelächters schwimmt Simon davon. Weg von der Wahrheit und hin zu den Lügenmärchen. Er legt Herrn Dankwart Worte in den Mund, wie sie ihm gerade einfallen, aber er verschweigt, was Herr Dankwart wirklich gesagt hat. Daß Simon sich nämlich zusammenreißen muß. „Sonst sehe ich schwarz", hat Herr Dankwart gesagt. „Es steht auf Messers Schneide, mein Lieber, daß du das Jahr wiederholen mußt."
Der Schrecken sitzt Simon noch in den Knochen. Seine dummen Knie sind butterweich.
„Einen Brief an deine Mutter?" Felix pfeift durch die Zähne.

„Das hat er echt gesagt?“
In diesem Augenblick schlendert Elvira mit ihren Freundinnen vorbei.
„Mann, tun mir die Augen weh ...“, fängt Charly an, und die andern fallen in den Singsang ein. „... wenn ich blöde Weiber seh.“
„Hallo, Virus“, sagt Simons Mund und verzieht sich zu einem Grinsen. Simon beißt sich auf die Lippe. Aber die Wörter sind schon heraus.

In der Sportstunde ist Simon glücklich. Da ist alles richtig, was er tut, und Herr Dankwart vergißt für lange Minuten sämtliche Verfehlungen auf seiner Liste. Simon klettert am Seil hoch wie Tarzan. Leider kann er dann den Tarzanschrei nicht unterdrücken und auch den waghalsigen, streng verbotenen Absprung nicht. Und schon hat er wieder einen Flecken auf seiner fast reingewaschenen Weste.
„Simon! Kannst du dich nicht ein einziges Mal an die Regeln halten?“
Nein, kann Simon nicht. Nicht wenn er am Seil hängt, hoch über den andern, höher als irgend jemand vor ihm. Er möchte ein Vogel sein. Ein Adler mit einem Horst am höchsten Berg der Welt. Ein König der Lüfte. Schnell, unangreifbar, gnadenlos. Statt dessen muß er den Rest der Stunde auf der Büßerbank verbringen. Wegen mangelnder Dis-zi-plin. Und den andern zuschaun. Dabei könnte er alles besser machen.
Simon spürt die Wut, noch bevor sie richtig da ist. Sie sammelt sich in seinem Bauch wie Regenwasser in einer Pfütze. Und dann wird aus der Pfütze ein reißender Strom, der über die Ufer schwappt und alles überschwemmt.

Er atmet tief durch. Manchmal hilft das. Aber heute hilft es nicht. Er wird von dem Strom verschluckt.
„Scheiß Dis-zi-plin!“ brüllt er, springt auf und rennt in den Umkleideraum. Hastig zieht er sich an. Über den langen Flur, die Treppe rauf zu seinem Kleiderhaken.
Er reißt Nessie von dem Holzbrett, zerknüllt sie, läßt sie auf den Boden fallen und trampelt auf ihr herum. Obwohl ihm das leid tut. Sie kann schließlich nichts dafür. Zurück zur Treppe. Im Laufen den Anorak übergeworfen, die Treppe runter und raus aus der Schule.
„Heh!“ ruft ihm die Hausmeisterin nach, aber Simon dreht sich nicht nach ihr um. Die können ihn mal. Alle.

Jedesmal wenn er wegläuft, ist es wie beim ersten Mal. Simon rennt. Er achtet nicht auf das Seitenstechen und nicht auf die Leute, die ihm kopfschüttelnd ausweichen. Der Schweiß tritt ihm aus allen Poren, sein Herz hämmert wie ein Specht. Um nicht zu heulen, stößt er immer wieder ein Wort zwischen den Zähnen hervor: Scheiße. Scheiße. SCHEISSE.
Und dann verebbt die Wut, und ihm ist schlecht.
Er bleibt stehen. Schnappt nach Luft, hält sich den Bauch.
„Ist dir nicht gut, mein Junge?“
Die alte Frau, die ihn das fragt, ist nicht viel größer als er. Sie hat eine leise, zerbrechliche Stimme, und ihre Hände zittern unter der dünnen, fleckigen Haut. Ihrem Gesicht kann Simon ansehen, daß sie sich Sorgen um ihn macht. Ihre Augen sind sanft. Und blau wie die Augen einer Siamkatze.
So viel Freundlichkeit ist mehr, als Simon ertragen kann. Und nun berührt sie ihn auch noch an der Schulter.

Simon reißt sich los und läßt sie stehen. ScheißeScheiße. Nachdem er eben noch geschwitzt hat, ist ihm jetzt kalt. Er stößt die Tür zum Kaufhof auf und bleibt eine Weile unter dem warmen Luftstrom stehen. Dann fährt er mit der Rolltreppe in die Spielzeugabteilung.
Zubehör für Modelleisenbahnen gibt es ganz hinten. Simon guckt sich die Loks an, die in vornehmen Glaskästen aufgestellt sind. Alle zu teuer für Mamas Geldbeutel. Alle unerreichbar für ihn. Sie haben ja nicht mal Geld für eine zusätzliche Weiche.
Inzwischen ist die Verkäuferin auf ihn aufmerksam geworden. Sie steht an der Kasse, kämmt mit langen, dunkelgrünen Fingernägeln ihr fransiges Haar und läßt ihn nicht aus den Augen.

Simon schlendert noch ein bißchen in den Gängen umher, immer verfolgt von der Verkäuferin, die ihren Platz an der Kasse verlassen hat, um ihn besser beobachten zu können. So macht das keinen Spaß. Und sie zu fragen, ob er mal den neuesten Märklinkatalog durchblättern darf, hat keinen Sinn. Sie wittern es, wenn man kein Geld hat. Sie riechen es auf sieben Meter Entfernung. In Katalogen blättern darf nur, wer auch einen Katalog kaufen will.

Simon stattet der Sportabteilung einen Besuch ab. Auch hier dasselbe. Fußball, Torwarthandschuhe, Skateboard, alles zu teuer für zwischendurch. Irgendwas davon wird er sich zu Weihnachten wünschen. Aber das hat noch Zeit.

Er fährt hinunter in die Parfümerie.

Ein wunderbarer Duft empfängt ihn, gemischt aus hundert verschiedenen Düften. Simon schwelgt in dem Wohlgeruch der Seifen und Parfüme, berauscht sich am Anblick von Badesalzen und Körperölen in großen und winzigen, runden und eckigen Flaschen, Schalen, Tiegeln und Flakons. Die sirupgelben Flaschen gefallen ihm am besten, weil man darin das Öl schwappen sieht, wenn man sie hin und her bewegt. Und weil sie ihn an Dons Augen erinnern.

Es ist alles so kostbar, daß Simon unwillkürlich auf Zehenspitzen geht. Das blankgeputzte Glas fängt das Licht der Kronleuchter an der hohen Decke. Dutzende von Spiegeln werfen es zurück. Überall ist ein Schillern und Funkeln, daß es Simon den Atem raubt.

Zwei Verkäuferinnen stehen schwatzend beieinander, porzellanene Haut, Korallenlippen und Perlenzähne. Beide haben langes, helles, seidiges Haar. So hat Simon sich früher Feen vorgestellt. Als er noch an sie glaubte.

Seine Finger fahren über regenbogenfarbene Seifenkugeln, über kleine Schildkröten, Fische und Bären aus Seife und dann über kunstvoll geschnitzte Seifenblüten. Sie schließen sich um eine der Seifenblüten, die bei genauem Hinsehen eine Rose ist. Von einem weichen, duftigen Rosarot.
Simons Hand läßt die Rosenseife in der Anoraktasche verschwinden. Ihm ist gerade wieder eingefallen, daß Mama bald Geburtstag hat.

Simon versteckt die Rosenseife in seiner Klaukiste. Die steht ganz hinten unter der Eisenbahnanlage, dem einzig sicheren Ort. Weil Simon sein Zimmer selbst sauberhalten muß, wird Mama sie dort niemals finden.
Mama ist im Büro. An den beiden Tagen, an denen sie vormittags frei hat, muß sie von zwölf bis fünf arbeiten. Simon sind die anderen Tage lieber, aber auch dann ist sie nachmittags selten zu Hause. Sie hat immer irgendwelche Termine, ist ständig in Eile und ständig unterwegs.
Er sieht in der Küche nach, ob sie irgendwas vorgekocht hat. Auf dem Herd steht kein Topf. Auch im Backofen nicht. Simon guckt in den Kühlschrank. Wahrscheinlich hat Mama zu lange geschlafen. Er wird sich ein Brot machen.
Beim Essen fällt ihm sein Ranzen ein. Der steht jetzt in der Klasse, an Simons Bank gelehnt wie ein vergessener Regenschirm. Schlagartig ist Simon satt.
Die Uhr an der Wand zeigt kurz nach zwei. Da ist nur noch die Hausmeisterin da. Und vielleicht die Rektorin. Die hat nachmittags immer noch was zu tun. Mit beiden steht Simon dummerweise auf Kriegsfuß.
Und die Putzfrauen? Nein. Die kann er erst recht nicht nach

dem Ranzen fragen. Sie wohnen alle hier im Haus. Sie würden es Mama sofort erzählen.
Daß du es dir aber auch mit allen verderben mußt, hört Simon Mamas Stimme irgendwo in seinem Kopf.
Er weiß auch nicht, wie das kommt. Er zieht die Schwierigkeiten an wie das Licht die Nachtfalter.
Das Telefon klingelt. Simon geht nicht ran. Bestimmt ist es Herr Dankwart, der am anderen Ende wieder auf eine Entschuldigung wartet. Die zweite für heute.
Es klingelt und klingelt. Es hört überhaupt nicht wieder auf. Und als es endlich doch aufhört, dauert die Stille nur ein paar Minuten, dann fängt das Klingeln wieder an.
Simon schnappt sich den Fußball und ergreift die Flucht.

Noch ist niemand auf dem Spielplatz. Wahrscheinlich machen sie alle gerade ihre Hausaufgaben. Simon kickt den Ball hoch über den Sandkasten auf das Feld mit den Basketballkörben, von denen seit Wochen die Netze verschwunden sind. Er muß sich gar nicht vornehmen, nicht mehr an die Schule zu denken und an morgen. Er sieht den Ball fliegen, hört ihn drüben aufprallen, stürzt ihm nach und hat alles andere vergessen.
Es fängt an zu nieseln. Simon merkt es kaum, doch als er sich das Haar zurückstreicht, ist es ganz naß. Ob jetzt noch welche kommen? Bei Regenwetter sitzen sie alle vor ihren Computern.
Simon beneidet sie glühend darum. Franjo hat ein Computerspiel, bei dem man eine ganze Stadt aufbauen kann, mit Wohnvierteln, Geschäftsstraßen, Parkanlagen und Fabriken. Sogar Atomkraftwerke kann man aufstellen. Aber das wür-

de Simon nicht tun. Bei Franjo ist mal eins explodiert, und die ganze Stadt war im Eimer.
Simon wartet bis halb vier. Dann ist er durchgefroren und geht wieder nach Hause.
Im Treppenhaus riecht es unten schwach nach Kohl. Im ersten Stock nach Frikadellen. Im zweiten nach ... Apfelkuchen? Nach einer gewissen Zeit vermischen sich die Gerüche miteinander. Dann kann man sie nicht mehr sicher voneinander unterscheiden.
Mit Don ist heute nichts anzufangen. Mürrisch lungert er im Wohnzimmer herum und legt die Ohren schon an, als Simon bloß an ihm vorbeigeht.
Simon legt den Hörer neben das Telefon und dichtet beides mit Dons Schlafdecke ab, damit er das Tuten nicht hört. Er wirft sich aufs Sofa und schaltet den Fernseher ein.
In dem Film machen zwei Jungen und ein Mädchen mit ihren Eltern Urlaub am Meer. Simon wüßte gern, wie das ist, Urlaub zu machen. Noch dazu in so einem wunderschönen Haus, einsam auf einer Klippe gelegen, mit einer Haube aus moosigem Ried. Wo man durch die Sprossenfenster die Wellen gegen die Felsen rollen sieht.
Ein einziges Mal ist Simon mit Mama weggefahren. Da waren sie in der Eifel. Aber nicht richtig in Urlaub, sondern nur bei Verwandten zu Besuch. Sie mußten auf einer Matratze in einer winzigen, stickigen Bodenkammer schlafen und am dritten Tag wieder abreisen, weil Mama sich mit ihrer Tante zerstritten hatte.
Die Jungen und das Mädchen langweilen sich. In diesem prächtigen Haus, die weißen Wellenkämme direkt vor der Nase, haben sie nichts anderes zu tun, als sich zu langweilen!

Bis sie einer gefährlichen Schmugglerbande auf die Spur kommen. Der Anführer der Schmuggler trägt eine schwarze Augenklappe. Wie Oma, als sie mal eine Bindehautentzündung hatte. Da sah sie aus wie ein Pirat. Ein Pirat, der sprach wie eine Königin. Die Augenklappe hat sie später weggeworfen. Obwohl Simon sie gern zum Spielen gehabt hätte. Leider hat er noch nie eine Bindehautentzündung gehabt und scheint in absehbarer Zeit auch keine zu bekommen.

Die Schmuggler haben die Kinder eben in ein feuchtes Kellerloch gesperrt, das schaurige Lachen von dem mit der Augenklappe ist noch nicht ganz verklungen, da klingelt es an der Tür.

Simon drückt auf den Summer, obwohl Mama ihm verboten hat, jemanden reinzulassen, wenn sie nicht da ist. Das fällt ihm erst wieder ein, als er unten die Haustür ins Schloß fallen hört.

Er geht zum Treppenabsatz und lauscht. Viele Füße trappeln durchs Treppenhaus. Und dann erkennt er Charlys Stimme. Charlys Stimme!

Das ist noch nie passiert, daß sie zu ihm gekommen sind. Simon hat sie allerdings auch noch nie eingeladen. Nicht nachdem er Franjos Zimmer gesehen hat, damals, als er mal mitkommen durfte. Ein Zimmer wie aus dem Werbeprospekt eines Möbelgeschäfts. Angefüllt mit Sachen, die ein Vermögen gekostet haben müssen.

Doch da stehen sie vor ihm, wirklich und wahrhaftig. Charly, Franjo, Felix, Bob und Tim. Bob hat seinen Fußball unterm Arm. Nicht so ein schwindsüchtiges Sonderangebot aus dem Allkauf wie der von Simon, sondern einen echten Profifußball aus einem Sportgeschäft.

Wortlos schieben sie sich an Simon vorbei durch die Tür. Wie eng der Flur plötzlich ist und wie schummrig im Licht der Funzellampe.
„Mein Zimmer ist da hinten“, hört Simon sich sagen, und sie gehen im Gänsemarsch in die Richtung, in die sein Finger zeigt. Er hätte aufräumen sollen, wenigstens ein bißchen. Und lüften. Bestimmt riecht es muffig, lauter alte, abgestandene Luft.
Charlys Fuß in dem traumhaft schwarzen Turnschuh schiebt Legosteine auseinander, damit Platz ist für sie alle.
„Räumt deine Mutter nie auf?“ fragt Bob und köpft den Fußball haarscharf neben die Eisenbahnanlage.
„Nee. Muß ich selber machen“, sagt Simon trotzig. Wenn es ihnen hier nicht paßt, dann sollen sie doch abhauen. Er braucht sie nicht. Er hat sie nicht darum gebeten herzukommen.
„Und dann läßt du's lieber, was?“ Das war Tim. Er grinst. „Würd ich genauso machen.“
Don kommt herein. Er streicht ihnen um die Beine.
Tim bückt sich und krault ihm den Nacken. Don schließt verzückt die Augen. Verräter!
„Gehört der dir?“
„Don gehört keinem“, sagt Simon. „Er gehört sich selbst.“
Jetzt läßt Don sich von Tim sogar auf den Arm nehmen. Und schnurrt. Und schmiegt sich an Tims Hals wie ein Pelzkragen.
Die andern gucken sich im Zimmer um. Sie sehen den schäbigen, geflickten Vorhang. Den Schrank mit der schiefhängenden Tür. Die jahrealten Flecken auf dem fadenscheinigen Teppichboden.

„Hast du was zu trinken?" fragt Charly.
„Klar."
Alle zurück durch den Flur und in die Küche. Das Frühstücksgeschirr ist noch nicht abgewaschen. Simons Mittagsteller mit dem halb aufgegessenen Brot steht noch auf dem Tisch. Auch die Butter. Simon erkennt auf ihr die Spuren von Dons Zunge. Rasch stellt er die Butter weg. Er holt Gläser aus dem Schrank und greift kurz entschlossen nach Mamas Colaflasche.
Und dann ziehen sie zusammen auf den Spielplatz. Es hat aufgehört zu nieseln.

Als Simon nach Hause kommt, ist es schon dunkel.
Mama steht am Herd und kocht. Hackfleisch mit Zucchini und Reis. Die Fensterscheiben sind vom Kochdunst beschlagen, obwohl ein Fenster gekippt ist. Simon schreibt mit dem Finger seinen Namen auf das schwarze Glas.
„Du hattest Besuch?" fragt Mama.
„Ein paar Jungs aus meiner Klasse." Simon sagt diesen Satz zum erstenmal, und er genießt es.
„Du sollst doch keinen reinlassen, wenn ich nicht da bin."
„Hab ich vergessen." Simon angelt ein Klümpchen Hackfleisch aus der Pfanne und steckt es in den Mund.
„Wenigstens die Gläser hättest du wegräumen können", sagt Mama. „Und von meiner Cola ist auch nichts mehr da. Du hättest ihnen Limo anbieten können."
Sie versteht das nicht. Festtage feiert man doch nicht mit Limo.
„Ich kauf dir 'ne neue", sagt Simon, dabei ist tiefste Ebbe in seiner Hosentasche.

Er hätte das nicht zu sagen brauchen. Mama wird es sowieso nicht vergessen. Und wenn er nicht daran denkt, wird sie ihm die Cola vom nächsten Taschengeld abziehen.
„Hausaufgaben alle fertig?"
Der schöne Nachmittag verblaßt. Wie alte Fotos von den Rändern her bleich werden. Der Ranzen!
„Wir hatten nichts auf." Schnell irgendwas finden, mit dem er Mama ablenken kann. Simon beugt sich über die Pfanne. „Tust du auch Tomaten rein?"
„Hatte ich eigentlich nicht vor", sagt Mama. „Soll ich?"
Es hat geklappt. Sie öffnet den Kühlschrank, nimmt drei Tomaten aus dem Gemüsefach und ist dann damit beschäftigt, sie zu waschen und zu zerschneiden.
Simon deckt freiwillig den Tisch.

„Wie war's in der Schule?" fragt Mama beim Essen.
„Wie immer." Das ist noch nicht mal gelogen. Es gibt kaum einen Schultag ohne Ärger. Geschickt ißt Simon um die ausgelaugten Zucchinischeiben herum.
„Übrigens", sagt Mama, „wieso lag Dons Decke auf dem Telefon?"
Sätze, die mit *übrigens* anfangen, haben meistens nichts Gutes zu bedeuten.
„Dons Decke?" fragt Simon, um Zeit zu gewinnen. „Wieso Dons Decke?"
In diesem Augenblick läutet das Telefon. Schrill und anklagend. Nicht mehr durch drei Schichten Wolle gedämpft. Simon legt die Gabel weg und hält sich die Ohren zu.
„Das war Herr Dankwart", sagt Mama, als sie zurückkommt. Sie setzt sich wieder hin. Ruhig, viel zu ruhig.

Simon kennt das. Es ist die Stille vor dem Sturm. Er zieht den Kopf ein und wartet. Wie Herr Dankwart. Aber nicht auf eine Entschuldigung.

Und dann fängt Mama an zu brüllen.

„Was, zum Teufel, hast du dir dabei gedacht?“

Unter dem weißen, knisternden, kühlen Schaum ist das Wasser grün und heiß. Der Dampf hat sich auf den Kacheln niedergeschlagen wie ein Nebelschleier. Simon füllt die Wasserpistole und spritzt dahin, wo sich die Fugen kreuzen.

„Fiufiufiu! Fiiiuuu!"

Er hustet. Mitten in Mamas Gebrüll fing der Husten an. Simon hatte gar nicht gemerkt, daß er sich erkältet hatte. Aber jetzt spürt er es. Wie ein enger Ring liegt der Schmerz um seinen Kopf, Rotz läuft ihm aus der Nase.

Doch so was wirft einen Freund und Verehrer von Bud Spencer nicht um. Simon hätte auch nicht gebadet, wenn es nach ihm gegangen wäre. Aber Mama kann sich einen kranken Sohn im Augenblick nicht leisten. Im Büro ist der Teufel los. Das ist vor Weihnachten immer so.

Also hat sie ihn in ein Eukalyptusbad gesteckt.

Simon versucht, so flach wie möglich zu atmen. Obwohl er das Gegenteil tun soll. Tief den Eukalyptusdampf einatmen. Aber der stinkt.

„Fiufiufiiiuuu!"

In der Küche sitzt Mama mit Mario zusammen. Er ist über-

raschend gekommen, genau wie Oma es gern tut. Ist völlig unerwartet in ihren Streit hineingeplatzt.
Sofort wurde Mamas Stimme leiser. Als hätte jemand an einem unsichtbaren Knopf gedreht.
Sie warf die Kaffeemaschine an und stellte Mario einen Teller hin. Aber Mario hatte keinen Hunger. Er hatte schon gegessen.
„Er ist aus der Schule weggelaufen", beklagte sich Mama bei ihm.
Mario legte tröstend den Arm um sie und streichelte ihre Hüften. Sie setzte sich auf seinen Schoß und schmiegte sich an ihn, das Gesicht an seiner Schulter. Eine Haarsträhne verfing sich an seinem unrasierten Kinn.
„Und ist dann stundenlang durch die Kälte gelaufen." Ihr Gesicht kam wieder zum Vorschein, vorwurfsvoll. „Und jetzt guck ihn dir an."
Mario streifte Simons glühende Wangen mit einem Blick, unter dem Simon sich nackt vorkam.
„Erkältet", stellte er fest.
Mama nickte eifrig, als hätte Mario den Scharfsinn eines Sherlock Holmes bewiesen. „Kannst du mir mal sagen, wie ich das meinem Chef erklären soll? Ich kann doch morgen unmöglich zu Hause bleiben."
Sie sprang auf und ließ Badewasser einlaufen.

„Fiiiuuu!"
Das war ein bißchen zu hoch. Die Tropfen rinnen an der Tapete herab und ziehen Zickzackspuren. Das erinnert Simon daran, daß er schon lange mal wieder Wasserfarben auf einem Blatt Papier zerlaufen lassen wollte.

Don sitzt wie eine ägyptische Tempelkatze auf dem Rand der Badewanne und starrt ins schaukelnde Wasser. Bedächtig hebt er eine Pfote und tippt ein Schaumwölkchen an.
Er liebt Wasser, obwohl Herr Hauser behauptet hat, daß alle Katzen Wasser verabscheuen.
„Lehrer wissen auch nicht alles, was, Don?“
Don schenkt ihm einen schrägen gelben Blick. *Natürlich nicht.*
„Und warum tun sie dann immer so?“
Weil man ihnen sonst nichts mehr glauben würde.
Aha.
„Was meinst du, Donnie“, Simon zögert, „soll ich mich bei dem Dankwart entschuldigen?“
Don leckt sich nachdenklich den Schaum von der Pfote. Er überlegt lange. Manche Fragen wollen gründlich bedacht sein. *Fühlst du dich denn schuldig?*
Auf eine Gegenfrage war Simon nicht vorbereitet. Er kratzt sich am Kopf und erforscht sein Gewissen. Das dauert. Aber Don drängt ihn nicht.
„Nein“, sagt Simon schließlich. „Hochheiliges Ehrenwort.“
Dann würde ich sagen ...
Bevor Don sagen kann, was er sagen will, öffnet sich die Tür, und Mario kommt herein.
Don springt mit einem eleganten Satz vom Rand der Wanne und schreitet würdevoll an ihm vorbei. *Du wirst verstehen, daß ich mir das nicht antun möchte, ja?*
Manchmal redet Don wie Oma.
„Warum geht mir dieser Kater eigentlich immer aus dem Weg?“ Mario setzt sich auf den Hocker. „Hab ich die Pest oder was?“

„Don ist eben wählerisch." Das konnte Simon sich nicht verkneifen.
Mario beschließt, die Bemerkung zu überhören. Er verschränkt die Arme vor der Brust und runzelt die Stirn, als hätte er vergessen, weshalb er gekommen ist.
Es ist Simon unangenehm, daß Mario ihn so sieht, ohne was an. Er schiebt von dem Schaum, der noch übrig ist, soviel zusammen wie möglich und verteilt ihn um sich herum.
„Ich hab mir gedacht, wir unterhalten uns mal." Mario zieht den Pullover aus und legt ihn auf den Schoß. Die Armmuskeln wölben sich unter seiner Haut.
Einen schrecklichen Moment lang denkt Simon, er will zu ihm in die Wanne klettern, doch dann sieht er, daß Mario bloß schwitzt. Erleichtert streckt er die Zehen aus.
Unter dem Ärmel von Marios Unterhemd schauen, wie abgeschnitten, die Beine des tätowierten Leoparden hervor. Ohne den kraftvollen Körper und das weit aufgerissene Maul haben sie nichts Wildes mehr, nichts Furchteinflößendes. Harmlos sind sie, sogar ein wenig komisch.
„So von Mann zu Mann", sagt Mario. „Wir sollten uns angewöhnen, das öfter zu tun. Für die Zukunft, meine ich."
„Was für 'ne Zukunft?" fragt Simon. Er setzt sich auf, spürt einen kalten Lufthauch auf den Schultern und legt sich wieder hin. Vielleicht ein bißchen zu heftig, denn Wasser schwappt über den Rand und macht Marios rechtes Hosenbein naß.
„Paß doch auf!" Mario reibt an den Flecken, natürlich ganz umsonst. Das muß schon von allein trocknen.
Aus dem Wohnzimmer ertönt plötzlich Musik. *Ai wonna weik ap inna ssiddi säd dasnt sliep.* Mama hört die CD oft. Sie

liebt Musicals. Manchmal sagt sie, daß sie gern Tänzerin geworden wäre. Simon kann sie sich gut als Tänzerin vorstellen. Als Sängerin weniger. Ihre Stimme ist bei den hohen Tönen zu dünn.
„Wenn die Karin und ich erst verheiratet sind, dann sind wir schließlich eine Familie. Auch ich und du."
Ich und du, Müllers Kuh, Müllers Esel, das bist du.
Simon wundert sich darüber, daß man einen solchen Schreck kriegen kann, einen grausigen, eiskalten, haarsträubenden Schreck, und gleichzeitig an einen albernen Kinderreim denken muß.
Die Karin? Verheiratet? Eine Familie? Wenn das ein Männergespräch ist, dann will Simon nie wieder in ein Männergespräch verwickelt werden.
„Wann?" würgt er hervor.
Mario sieht ihn verständnislos an. „Was?"
Das zweite *Wann* geht in einem Hustenanfall unter.
„Wann wir heiraten?"
Simon nickt. Er guckt Mario an und wünscht sich, zaubern zu können. Er würde dieses Gesicht verschwinden lassen. Abrakadabra.
„Im Frühjahr. Die Karin will einen Brautstrauß aus Maiglöckchen und Flieder."
„Warum nicht gleich?" Simon zieht den Rotz hoch. „Dann könnte sie sich einen Kranz umhängen. Mit schönen Friedhofsblumen."
Über Marios Nasenwurzel zeigt sich eine steile Falte. Er wischt sich die Schweißperlen von der Stirn.
„Ich hab wirklich eine Wahnsinnsgeduld", sagt er. „Aber du müßtest mir schon ein bißchen entgegenkommen."

Simon könnte jetzt untertauchen und ertrinken. Oder die Luft anhalten, bis er platzt. Dann wäre das Problem Mario ein für allemal erledigt. Aber er will nicht ertrinken. Und er will auch nicht platzen. Er will nur nicht, daß Mama diesen tätowierten Muskelprotz heiratet. Er willwillwillwillwill nicht.

„Ich will das nicht“, sagt er.

Mario schwitzt und schweigt.

„Du kannst heiraten, wen du willst, aber nicht meine Mama!“ Simon schöpft mit beiden Händen Wasser und schleudert es Mario ins Gesicht. Platsch.

Diesmal wird nicht nur Marios rechtes Hosenbein naß. Diesmal hat Simon ganze Arbeit geleistet. Mario trieft von Kopf bis Fuß.

Er springt auf, wischt sich das Wasser aus den Augen, beugt sich vor, umklammert Simons Arm mit eisernem Griff und rüttelt ihn.

„Hier wird sich einiges ändern, hörst du? Sobald ich hier wohne.“

Sobald er hier wohnt? Was redet der da? Er wird doch nicht ...

Mario klaubt den Pullover auf, der ihm vom Schoß gerutscht ist, wirft ihn sich über die Schulter und verläßt fluchend das Badezimmer.

„Wieso hier wohnen?“ schreit Simon. „Wann? Warum?“

Von oben hämmert es gegen die Decke.

Simon taucht unter. Aber Ertrinken ist nicht so einfach. Das hatte er sich schon gedacht. Zerplatzen auch nicht. Er richtet die Wasserpistole gegen die Decke und bespritzt sie so lange, bis er keine trockenen Stellen mehr sehen kann.

„Achtunddreißigfünf", sagt Mama und schüttelt das Fieberthermometer. Sie reibt Simons Brust mit Erkältungsbalsam ein, deckt ihn bis zum Hals zu und gibt ihm einen Kuß. Einen sehr flüchtigen Kuß.
Ihr Liebster schickt schon die ganze Zeit ungeduldige Geräusche aus dem Wohnzimmer herüber, während sein Pullover auf der Heizung trocknet.
Dann geht, nein, tänzelt sie zur Tür, die Hand, mit der sie Simon eingerieben hat, von sich gestreckt, und löscht das Licht im Zimmer.
„Läßt du das Licht im Flur an?" fragt Simon.
„Natürlich", zwitschert sie. „Das weißt du doch."
Simon dreht sich zur Wand. Mario ist überall spürbar. Sogar in Mamas Stimme und zwischen ihren Worten. Er hat aus dem Paradiesvogel ein trillerndes, flatterndes Vögelchen gemacht. Und jetzt will er es in einen Käfig sperren, damit es nur noch für ihn singt.
Sie hören Musik. Vielleicht breitet Mama gerade die Arme aus und tanzt. Sie hat es gern, wenn man ihr dabei zusieht.
„Eine Mutter kann doch nicht heiraten", flüstert Simon.
O doch, flüstert Don betrübt zurück.
Simon fühlt jetzt das Fieber. Es kreiselt wüstensonnenheiß in seinem Kopf.
Aber noch ist nicht aller Tage Abend. Don leckt Simon beschwichtigend über die Schläfe.
„Wieso?"
Denk an ihre früheren Freunde.
Ja. Da war Max. Und davor Harald. Und vor Harald einer, der Guntram hieß. Die andern sind bloß noch Schatten in Simons Erinnerung.

„Irgendwann sind sie ihr auf die Nerven gefallen, und dann hat sie sie rausgeworfen."
Genau. Don rückt sich umständlich neben dem Kopfkissen zurecht. *Warten wir es ab. Und nun schlaf. Morgen sieht die Welt schon wieder ganz anders aus.*
Bestimmt hat Don recht. So ist es meistens. Erschöpft läßt Simon den Kopf aufs Kissen sinken.
„Ach, Don?"
Ja?
„Hast du Tim eigentlich lieber als mich?"
Tim? Don gähnt. *Wer ist Tim?*
Simon lächelt. Und schläft darüber ein.

Am Morgen fühlt Simon sich elend und schwach. Er ist froh, daß Mario nicht hier übernachtet hat. Den würde er heute nicht aushalten.

Kein Geräusch dringt richtig zu ihm durch. Als hätte er sich Watte in die Ohren gestopft. Aber das Fieber ist gesunken. Die Quecksilbersäule im Thermometer zeigt siebenunddreißigsechs.

Mama lacht erleichtert auf. „Das ist so gut wie nichts."

Simon schlappt ins Badezimmer. Da ist es schön warm. Am liebsten würde er sich auf der weichen Badematte zusammenrollen und weiterschlafen.

Beim Pinkeln sieht er, daß Marios schwarze Zahnbürste neben Mamas roter und seiner blauen im Zahnputzbecher steht. So fängt es an. Zuerst bleibt seine Zahnbürste. Dann bleibt sein Rasierapparat. Und zum Schluß bleibt Mario auch.

Simon zieht die Schlafanzughose wieder hoch, greift mit spitzen Fingern nach Marios Zahnbürste, wirft sie ins Klo und drückt ab.

Sie geht nicht unter. Aber sie muß! Sonst findet Mama sie und weiß sofort, wer sie da reingeworfen hat. Simon reißt

ein paar Meter Klopapier ab, begräbt die Zahnbürste darunter, stochert mit der Klobürste tief nach und drückt noch mal ab. Und dann ist Marios Zahnbürste verschwunden.
Simon guckt in den Spiegel. Seine Wimpern sind verklebt. Das ist oft so, wenn er erkältet ist. Allein beim Gedanken an Wasser klappern ihm die Zähne. Er wäscht sich nicht, macht aber vorsichtshalber Waschlappen und Seife naß, weil Mama das manchmal überprüft.
Er rubbelt sich die Augen, zupft und pult hart gewordene gelbe Körnchen aus den Wimpern. Sie kleben so fest, daß ein paar Wimpern daran hängenbleiben.
Oma hat ihm einen dicken Pullover gestrickt. Mit Rollkragen. Den kramt Simon aus dem Schrank, damit er endlich aufhört zu frieren. Kaum hat er ihn über den Kopf gezogen, da bricht ihm der Schweiß aus. Er läßt ihn trotzdem an.
Gut, daß Mama heute ihren frühen Tag hat, da muß er sich wenigstens nicht selbst Frühstück machen. Sie stellt ihm ein Glas mit Wasser vor den Teller und wirft eine Vitamintablette hinein.
Es brodelt und zischt, ein kleines, kaltes, orangenes Feuerwerk. Die Brausetablette trudelt oben, wird immer dünner und leichter, bäumt sich noch einmal auf, zerbricht und löst sich schließlich ganz auf.
Simon hält sich das Glas unter die Nase, um das Kitzeln der springenden Bläschen zu spüren.
„Nach der Arbeit gehe ich Apfelsinen kaufen“, verspricht Mama. Sie stöhnt. Ihre Tage sind immer vollgepackt mit Dingen, die sie erledigen muß. Und nun noch Apfelsinen kaufen.
Simons Kopfschmerzen haben nachgelassen. Dafür tut es

ihm jetzt in den Armen weh und in den Beinen. Er sagt Mama nichts davon. Es hätte keinen Sinn. „Gliederschmerzen“, würde sie sagen. „Das ist völlig normal.“
Für Mama ist alles normal, solange sie nur nicht zu Hause bleiben muß. Simon müßte schon mit mehr aufwarten, um sie zu beunruhigen. Mit einer Lungenentzündung vielleicht, einem Herzklappenfehler oder einem deftigen Blinddarmdurchbruch.
Sie ist schnell mit dem Frühstück fertig und macht das Pausenbrot für ihn zurecht. Sie selbst nimmt immer nur Joghurt und einen Apfel mit zur Arbeit. Sie achtet sehr auf ihre Figur. Die schwarze Hose sitzt ihr wie angegossen auf dem Körper, und das gelb und grün geflammte Jackett, das sie darüber trägt, betont ihre schmale Taille, auf die sie so stolz ist.
Sie verstaut Joghurt und Apfel in ihrer Handtasche und schlingt sich ein schwarzes Seidentuch um den Kopf. Ihr Haar fließt darunter hervor wie ein Wasserfall.
Bei jeder ihrer Bewegungen klimpern die langen silbernen Gehänge an ihren Ohrläppchen.
„Trödle nicht, Simon.“
Dabei trödelt er überhaupt nicht. Er kriegt die Bissen nur so schwer runter, weil es in seinem Hals brennt, als hätte das Fieber da Feuer gelegt.
Mama wirft sich den Poncho über, winkt Simon von der Tür aus zu und ist weg.
Noch zehn Minuten. Normalerweise nutzt Simon sie, um noch ein bißchen in seinem Zimmer zu spielen. Heute braucht er sie, um den Anorak anzuziehen und sich den Schal umzubinden. Weil jeder Handgriff ihn anstrengt und müde macht.

Reif liegt auf den Dächern. Die Bäume mit ihren weißen Ästen und Zweigen sehen aus, als hätte sie jemand für eine Aufführung der *Schneekönigin* auf eine große Bühne gestellt. Die Luft riecht nach Schornsteinrauch.
Es ist komisch, so unbeladen in die Schule zu gehen. Simon kommt sich vor wie das einzige braune in einer Herde weißer Schafe. Alle Kinder haben ihren Ranzen auf dem Rükken. Simon trägt nur das Päckchen mit dem Pausenbrot. Es ist lächerlich leicht in seiner Hand.
Und ausgerechnet heute muß er an der Kreuzung vorm Altersheim dem Virus begegnen. Ausgerechnet jetzt springt auch noch die Fußgängerampel um.
„Na?“ sagt Elvira. Ihre Nase ist von einem wunderschönen Novemberrot.
Was, um alles in der Welt, soll er darauf antworten? Er beschließt, sich einfach in den Anblick ihrer Nase zu vertiefen.
„Ich wollte deinen Ranzen mitnehmen, gestern“, sagt Elvira, und ihre Nase kräuselt sich. „Aber auf dem Schulhof hat mich der Dankwart erwischt und ihn mir wieder abgenommen. Tut mir leid.“
Tut ihr leid? Simons Blick wandert vom Rot ihrer Nase zum goldgesprenkelten Braun ihrer tränenden Augen. Elvira niest.
Sie hat ihr Leben für ihn aufs Spiel gesetzt und versucht, seinen Ranzen zu retten. Hat versucht, ihn am Dankwart und an der Hausmeisterin vorbeizuschmuggeln. Und sich dabei eine Erkältung geholt! Kann man an einer Erkältung nicht sogar sterben?
„Danke“, sagt Simon.
Nur danke. Für so eine große Tat!

Aber Elvira guckt ihn an, als hätte er ihr statt einem Wort mit fünf Buchstaben fünf Tafeln Schokolade geschenkt. Beinah verpassen sie das grüne Männchen.
Sie treiben mit im Strom der Eiligen, die schneller sein wollen als der Tag. Simon schiebt die freie Hand in die Anoraktasche, damit sie nicht nach Elviras Hand tastet. Dazu hat sie nämlich große Lust.
„Das mit dem Virus ...“, sagt er.
„Schon vergessen.“ Elvira lacht. „Eigentlich gefällt's mir sogar.“
Ihr Lachen ist ein wenig heiser. Aber diesmal ist es Simon, der niest.
„Uns hat's ganz schön erwischt, was?“ Elvira zieht zwei Papiertaschentücher aus der Tasche. Eins für Simon und eins für sich selbst. Sie schneuzen sich kräftig. Und kommen gerade noch rechtzeitig auf den Schulhof.
Herr Dankwart führt die Kinder ins Schulgebäude. Sie gehen in Zweierreihen, Simon und Elvira am Schluß, für ein paar heimliche Sekunden Hand in Hand.

„Simon?“
Simons Finger knispeln mit dem Butterbrotpapier. Er merkt es kaum. Er ist ja nicht mal richtig hier. Sein Körper, der schon, aber seine Gedanken sind überall. Und nirgendwo ganz.
„Steh auf, wenn ich mit dir rede!“
Simon steht auf. Dabei wird ihm schwindlig. Er hält sich am Tischrand fest.
„Vermißt du nichts?“
Die Stimme von Herrn Dankwart leiert so merkwürdig. Als

käme sie von einer Kassette, die man viel zu oft abgespielt hat. Und das Gesicht, das zu dieser Stimme gehört, verschwimmt vor Simons Augen. Was hat Herr Dankwart ihn gefragt?

Ob er was vermißt.

Ja. Er vermißt tatsächlich was. Aber das war gestern – lange, lange her. Es war ...

„Immer noch verstockt?"

Verstockt. Ein ulkiges Wort. Manchmal hört man ein Wort zum hundertsten Mal und versteht es plötzlich überhaupt nicht mehr. Was soll das heißen, verstockt? Und warum sind Simons Beine auf einmal wie aus Pudding?

Herr Dankwart hebt etwas auf und hält es hoch. Simons Ranzen. Als wolle er ihn der Klasse zeigen wie ein seltenes Tier, eckig, unbehaart und stumm.

„Soll ich ihn dir etwa auch noch bringen?"

Simon läßt die schützende Tischkante los und stakst mit wackligen Schritten nach vorn.

Das Gewicht des Ranzens bringt ihn fast aus dem Gleichgewicht. Mann, der wiegt Zentner. Vielleicht hat Herr Dankwart Steine reingepackt. Zur Strafe. Aber wofür?

Simon schleppt den Ranzen zu seinem Platz und stellt ihn ab. Er läßt sich auf den Stuhl fallen. Steine, denkt er, Strafe. Er kriegt die Wörter nicht zusammen.

„Du bleibst stehen!" Herr Dankwart geht vor der Tafel auf und ab, ein dunkler Schatten, der sich aus einem Traum hierher verirrt haben muß.

Simon rappelt sich wieder auf.

„Du bleibst stehen, bis du dich bei mir entschuldigt hast."

Die Kinder ziehen ihre Hefte hervor, und Herr Dankwart

kontrolliert die Hausaufgaben. Ab und zu ruft er jemanden nach vorn, um etwas an die Tafel zu schreiben. Das Quietschen der Kreide fährt Simon wie ein kleines, scharfes Messer in den Kopf.

Er schweigt.

Don wäre einverstanden mit ihm. Und Buddy? Der nicht. Der würde den ganzen Tisch hochstemmen wie nichts und gegen die Tafel krachen lassen. Trotz Erkältung. Trotz Puddingbeinen. Er würde Kleinholz machen aus der Einrichtung, sich danach den Staub von den Händen streichen und fragen: Kann ich sonst noch was für dich tun, Dankwart?

Simons Lippen haben schon zu einem Grinsen angesetzt. Er kann sie eben noch daran hindern. Er sollte Herrn Dankwart nicht noch unnötig reizen.

Allmählich spürt er seine Beine nicht mehr. Er würde jetzt gern einen Schluck Wasser trinken. Der Boden schwankt unter seinen Füßen, als hätte sich der Klassenraum in ein Hausboot verwandelt. Der Pullover ist unter den Armen und am Hals durchgeschwitzt. Die feuchte Wolle riecht nach Schaf.

Aus den Augenwinkeln sieht er eine Bewegung. Elvira ist aufgestanden.

„Was ist, Elvira?“ Herr Dankwart wird nicht gern unterbrochen, wenn er gerade etwas erklärt.

„Simon ist krank“, sagt Elvira. „Sie dürfen ihn nicht so da stehen lassen.“

Alle drehen sich zu Simon um.

„Er kann sich hinsetzen, sobald er sich entschuldigt hat“, sagt Herr Dankwart liebenswürdig. „Ein einziges Wort

reicht. Vier kleine, freundliche Silben. Ent-schul-di-gung. Also, Simon?“
Simon muß die Lippen gar nicht erst zusammenpressen. Sie sind so trocken, daß sie sowieso aufeinanderpappen.
„Gut. Dann weiter im Text.“
Virus, denkt Simon, hör auf, dich einzumischen. Setz dich wieder hin.
Elvira tut ihm den Gefallen nicht.
„Setz dich, Elvira!“
Hört sie denn Herrn Dankwarts Stimme nicht an, daß sich eine Explosion anbahnt? Eine absolut dis-zi-plin-lose Explosion?
„Hast du mich nicht verstanden, Elvira?“
„Ich setze mich erst wieder hin, wenn Simon sich hinsetzen darf.“
Herr Dankwart starrt sie an, als hätte er plötzlich bemerkt, daß sie vier Füße hat oder sieben Hände. Er hält die Kreide in die Luft wie einen bleichen, erhobenen Zeigefinger.
„Du setzt dich jetzt hin, aber plötzlich!“
Vielleicht wäre nun doch eine Entschuldigung angebracht, hört Simon Don sagen.
Doch da ist plötzlich Buddy. Er lehnt am Türpfosten, die starken Arme vor dem mächtigen Bauch verschränkt, und schüttelt den Kopf. Don und er sind selten einer Meinung.
Versteh mich recht, sagt Don. *Sie läuft da in etwas hinein ...*
Er muß seinen Satz nicht beenden. Simon hat sich das auch schon überlegt. Er leckt sich über die spröden Lippen. Also los. Er wird auf Elviras Rücken gucken, während er es sagt. Vielleicht geht es dann leichter.
Da steht auf einmal Charly auf.

„Was willst du?“
„Stehen bleiben“, sagt Charly.
Danach steht Tim auf. Dann Franjo.
Genau in dem Moment, in dem Felix und Bob aufstehen, knicken Simon die Beine weg.

Auf der Liege im Verbandsraum hat Simon noch nie gelegen. Und die Hausmeisterin ist noch nie so nett zu ihm gewesen.

„Was machst du denn für Geschichten?“ fragt sie beinah sanft und beugt sich mütterlich über ihn. Auf ihren Wangen glühen blaurote Verästelungen geplatzter Äderchen. Ihr Atem riecht nach Lakritze. Ihre Mundwinkel sind ganz braun davon.

Sie legt eine angenehm kühle, überraschend leichte Hand auf Simons heiße Stirn.

„Du hast Fieber, Junge. Du gehörst ins Bett.“

Gehorsam schiebt Simon die Beine über die Kante und will sich aufrichten, um zu gehen.

„Neinneinnein.“ Sie drückt ihn wieder zurück auf die raschelnde Unterlage, die das Gummi der Liege bedeckt. „Allein schaffst du das nicht. Ist deine Mutter zu Hause? Kann sie dich abholen?“

Simon schüttelt den Kopf, vorsichtig, denn jede noch so winzige Erschütterung ruft stechende Schmerzen hervor. „Meine Oma vielleicht.“

Sie tätschelt ihm die Hand. Als hätte sie nicht schon in Dut-

zenden von Pausen mit ihm herumgezetert und ihn nicht schon ebensooft bei Herrn Dankwart angeschwärzt. Weil Simon in Schlägereien verwickelt war, das Blumenbeet zertreten hatte oder wegen sonst irgendwas.
„Prima. Omas sind die beste Medizin der Welt. Weißt du ihre Telefonnummer?“
Er sagt sie ihr, und sie geht nach nebenan in ihr Büro. Simon hört sie telefonieren.
Die Übelkeit kommt ganz plötzlich. Simon drückt die Hände gegen den Bauch, und im nächsten Augenblick ergießt sich ein heftiger, saurer Schwall aus seinem Mund auf das graue Linoleum. Die Spritzer reichen bis zur Tür.
Die Hausmeisterin schimpft nicht. Sie steigt über das Erbrochene hinweg, zieht Eimer und Aufnehmer unter dem Waschbecken hervor, läßt Wasser einlaufen, gibt einige Spritzer Seifenreiniger hinein und wischt auf.
„Mach dir nichts draus“, sagt sie, nachdem sie das übelriechende Wischwasser weggebracht hat. „So was passiert hier jeden Tag. Ich bin daran gewöhnt.“
Sie nimmt ein sauberes Tuch aus dem Schrank und macht es naß. „Soll ich oder willst du?“
Merkwürdigerweise macht es ihm nichts aus, daß sie ihm das Gesicht wäscht wie einem Baby. Es tut ihm sogar gut. Es macht ihm auch nichts aus, daß sie ihn an der Hand zum Waschbecken führt, damit er sich den Mund ausspülen kann.
„Und jetzt“, sagt sie und hilft ihm auf die Liege zurück, „jetzt machst du am besten die Augen zu, und wir warten hier zusammen, bis deine Oma kommt.“

Oma läßt ihre Handtasche auf einen Stuhl fallen und setzt sich zu Simon auf die Liege. Sie duftet nach Veilchen und ein wenig nach Wald. Es ist ihr Parfüm. Sie benutzt es sparsam. Der Duft ist nur ein Hauch.

„Hallo, Moppel", sagt sie.

Es ist lange her, seit sie ihn zuletzt so genannt hat. Mama hat diesen Namen nie gemocht.

„Er heißt Simon", hat sie jedesmal zu Oma gesagt. „Wenn ich gewollt hätte, daß er Moppel heißt, dann hätte ich ihm den Namen damals gegeben."

Es war Oma eine ganze Weile immer wieder passiert, doch dann hatte sie sich *Moppel* endgültig abgewöhnt.

„Meinst du, wir schaffen das, du und ich?"

Simon nickt.

Und dann steht er auf unsicheren Füßen neben der Liege, von Oma gestützt. Die gewischte Stelle auf dem Boden ist getrocknet. Sie glänzt wie poliert.
Oma hängt sich die Handtasche um und bedankt sich bei der Hausmeisterin.
„Nicht der Rede wert", sagt die Hausmeisterin, hält ihnen die Tür auf und läßt einen Strom frischer, kalter Luft herein. „Gute Besserung!" ruft sie Simon hinterher.

Omas alter Ford ist schon ziemlich klapprig. Er ächzt und quietscht beim Bremsen, und an manchen Tagen klemmt die Fahrertür. Heute auch. Aber Oma regt sich darüber nicht auf. Sie hilft Simon von der anderen Seite aus auf die Rückbank und quetscht sich am Steuerknüppel vorbei auf ihren Sitz.
Simon hält sich ganz gerade. Hoffentlich ist die Fahrt nicht zuviel für seinen Magen. Es wäre schrecklich, wenn er auch noch die Polster ruinieren würde.
Oma kann Gedanken lesen. Das ist Simon schon oft aufgefallen.
„Wenn du spucken mußt", sagt sie, „dann ist das auch nicht schlimm." Sie guckt ihn im Rückspiegel an. „Für den Froschkönig, meine ich."
Sie hat ihr Auto Froschkönig getauft, weil es grün ist wie ein Laubfrosch. Und es hüpft auch wie ein Laubfrosch, jedenfalls ab und zu. Das kann aber an Omas Fahrweise liegen. Sie hat sehr spät Autofahren gelernt.
Was Hänschen nicht lernt, lernt Hans nimmermehr.
Oma redet gern in Sprichwörtern. „In jedem Sprichwort", hat sie Simon mal erklärt, „steckt ein Körnchen Wahrheit."

In diesem Sprichwort steckt eine Menge Wahrheit. Simon wird hinten auf der Bank ordentlich durchgeschüttelt. Sein Magen ballt sich zu einer pochenden Kugel zusammen. Simon atmet tief durch, versucht, an etwas anderes zu denken, um sich abzulenken. Ihm fällt ein, daß er schon wieder den Ranzen vergessen hat.

An der zweiten Ampel macht der Froschkönig einen Satz und geht aus.

„Himmelkreuzdonnerwetter!" entflutscht es Oma. Auch Königinnen haben sich nicht immer unter Kontrolle.

Hinter ihnen hupt es. Einmal. Zweimal. Das ist Oma egal. Es ist ihr jedoch nicht egal, daß der Froschkönig ihr so etwas immer wieder antut.

„Komm schon", bettelt sie und dreht zärtlich den Zündschlüssel.

Der Froschkönig rülpst und versinkt wieder in eigensinniges Schweigen.

„Mein Guter", Oma verlegt sich aufs Schmeicheln, „mein Bester ..."

Die Ampel springt auf Rot und wieder auf Grün. Ein Hupkonzert ertönt. In Dur, in Moll, nervenzerfetzend. Oma achtet nicht darauf. Sie dreht den Zündschlüssel wieder und wieder, inzwischen jedoch ohne jede Spur von Zärtlichkeit. Der Froschkönig heult und knurrt, aber er rührt sich nicht von der Stelle.

Rot. Das Hupkonzert verstummt.

Oma hat es lange genug im guten probiert. Sie beschließt, daß nun eine Drohung angebracht ist. „Wenn du nicht sofort parierst, fahre ich dich morgen auf den Schrottplatz, Freundchen. Das ist keine leere Drohung. Das meine ich ernst."

Der Froschkönig hüstelt verächtlich. Er spuckt noch einmal aus, und dann tuckert sein Motor friedlich vor sich hin.
„Na also.“ Oma streichelt das Armaturenbrett. „Warum nicht gleich so?“

Opas Schlafanzugjacke reicht Simon bis zu den Knien.
„Storchenbeine“, sagt Oma. „Und ganz eckige Knie. Ich werde gleich mal sehen, was ich für dich kochen kann.“
Als würden seine Knie von einem einzigen Mittagessen rund. Simon steht vor dem großen Schlafzimmerspiegel und guckt sich an. Er findet seine Beine ganz in Ordnung. Von seinem übrigen Körper kann er unter der weiten Jacke nichts erkennen, nicht mal die Hände, denn auch die Ärmel reichen ihm bis zu den Knien. Schlabbrig hängen sie an ihm herab. Sie erinnern ihn an etwas, das lange zurückliegt.
Damals hatte er in der Stadt einen Mann gesehen, der nur einen Arm hatte. Da, wo der andere Arm hätte sein sollen, war bloß ein leerer Hemdsärmel. Simon war vier oder fünf gewesen. Neugierig hatte er auf die schlenkernde Hülle gestarrt.
„Wo hat der Mann denn seinen anderen Arm?“ hatte er Mama gefragt.
„Den hat er verloren“, hatte Mama leise und verlegen geantwortet. „Guck da nicht so hin. Das gehört sich nicht.“
Simon hätte dem Mann gern geholfen, den verlorenen Arm wiederzufinden. Aber Mama hatte ihn eilig weggezogen.
„Halt mal still.“ Oma krempelt ihm die Ärmel hoch. „So. Und jetzt legst du dich in Opas Bett und schläfst dich gesund.“ Sie schlägt das Daunenbett zurück und schüttelt das dicke Kissen auf.

Simon kriecht zwischen das kalte Bettzeug und versinkt in der weichen Matratzenkuhle. Seine Zähne schlagen aufeinander. Wie diese kleinen braunen oder schwarzen Kastagnetten.

„Möchtest du eine Wärmflasche?“

O ja. Eine Wärmflasche. Simon nickt. Sprechen kann er nicht. Die Worte kommen nicht an den Kastagnetten vorbei. Er dreht sich auf die Seite und zieht die Knie an. Macht sich so klein und rund wie möglich. Damit die Kälte an ihm abrutscht.

Auf der Fensterbank stehen nur ein paar igelige Kakteen. Direkt darüber fängt die Gardine an. Sie ist so weiß, daß es aussieht, als würde sie leuchten. Ganz ohne Licht. Ganz aus sich selbst heraus.

Das Schlafzimmer ist nicht geheizt. Oma findet Schlafen in der Kälte gesund. Simon ist sich da nicht so sicher. Er streckt vorsichtig einen Arm aus dem Daunengebirge und zieht ihn gleich wieder zurück. Das ist fast so, als würde man in einen Kühlschrank greifen.

Oma kommt aus der Küche zurück und schiebt ihm die gluckernde Wärmflasche ins Bett. Sie ist mit geblümtem Frotteestoff bezogen und gibt eine sanfte Wärme ab, an der man sich nicht verbrennen kann.

Simon drückt sie an sich und rollt sich um sie zusammen. Seine Zähne hören auf zu klappern. Nur sein Körper zittert noch nach.

Oma gibt ihm einen Kuß. Und schleicht wie ein Dieb in der Nacht aus dem Zimmer.

Als Simon wieder aufwacht, steht Dunkelheit vor dem Fenster. Mechanisch tastet er nach Don, bevor ihm wieder einfällt, was passiert ist. Die Laterne vor dem Haus wirft einen fahlen Schein ins Zimmer. Die grün glimmenden Ziffern auf Opas Wecker zeigen halb acht. Simon hat den ganzen Tag verschlafen.

Er hört Oma irgendwo reden. Bestimmt ist Mama gekommen, erschrocken und schuldbewußt, wenn nicht sogar reuevoll.

„Verzeihst du mir noch einmal?" wird sie fragen und ihm zerknirscht die Hand mit den vier silbernen Ringen hinhalten, an jedem Finger einen. „Verzeihst du mir noch einmal, daß mir mein Chef wichtiger gewesen ist als du?"

Und er wird ihre Hand nehmen und ihr verzeihen und sie ...

Quatsch. Es gibt gar nichts zu verzeihen. Hauptsache, sie ist da.

Er lauscht. Nein. Da ist keine zweite Stimme. Oma scheint zu telefonieren.

Simon dreht sich langsam und enttäuscht auf den Rücken und lauert auf die Schmerzen in den Armen, den Beinen und im Kopf. Nichts. Nur in seinem Bauch rumort es, als rollten

Steine klackend gegeneinander. Hunger hat er, wie ein Wolf. Er schiebt die Bettdecke zurück und setzt sich auf. Da schlägt der Schmerz in seinem Kopf wieder zu.
Trotzdem schiebt Simon die Füße aus dem Bett. Er angelt nach seiner Hose, die über dem Stuhl liegt, und zieht sie an. Dann geht er ins Wohnzimmer hinüber.
Oma sitzt in dem Sessel neben der Leselampe. Sie hat Simon den Rücken zugewandt. Der Fernseher läuft ohne Ton. Auf dem Bildschirm rast ein Porsche über eine nächtliche Landstraße. Ein Cadillac, der reichlich ramponiert aussieht, verfolgt ihn. Über den Bäumen hängt weiß und rund der Mond und taucht alles in milchiges Silber.
Die Reifen heulen auf. Der Porsche gerät in einer engen Kurve ins Schleudern und stürzt über eine Böschung. Er überschlägt sich ein paarmal, reißt viel staubiges Geröll mit sich in die Tiefe und geht in Flammen auf.
„Natürlich kann er bei mir bleiben, bis er wieder gesund ist", sagt Oma in den Hörer. „Was?"
Der Cadillac stoppt. Ein Mann und eine Frau steigen aus und laufen zu der Böschung. Die Frau weint. Der Mann nimmt sie in die Arme. Er preßt ihr Gesicht an seine Brust, damit sie nicht auf das Feuer sieht.
„Er stellt sich nicht an", sagt Oma. „Er ist wirklich krank. Wie konntest du ihn nur in die Schule schicken? Du hättest ..."
Jetzt hasten sie zu ihrem Wagen zurück. Die langen Haare der Frau flattern im Wind wie ein Nonnenschleier. Obwohl sie es zuerst so eilig hatten, bleiben sie nun auf halbem Weg stehen und küssen sich. Der Feuerschein flackert über ihre Gesichter.

„Und wo kann ich dich heute abend erreichen? Ich meine nur für den Fall, daß ..."
Simon niest. Oma dreht sich zu ihm um und lächelt.
„Er ist gerade aufgestanden." Sie hält Simon den Hörer hin. „Mama ist dran."
Der Hörer ist noch ganz warm von ihrer Hand. Simon hält die Muschel ans Ohr. „Mama?"
„Simon", hört er Mamas gehetzte Stimme. „Ich komme morgen früh vorbei und bringe dir ein paar Sachen. Im Büro geht es drunter und drüber. Schriftkram bis an die Decke, du kennst das ja. Es ist besser, wenn du erst mal bei Oma bleibst. Das verstehst du doch?"
„Klar." Dabei versteht er gar nichts. Er ist krank und will in sein Bett. Zu Don. Mama ist doch nicht die einzige Schreibkraft im Büro. Sie hat zwei Kolleginnen, die für sie einspringen können.
„Du bist ein Schatz." Die Erleichterung träufelt ein Lachen in Mamas Stimme. „Mario und ich sind heute abend eingeladen. Ich geb dir die Nummer. Wenn was ist, rufst du an."
Wie oft sie das schon gesagt hat: Wenn was ist, rufst du an. Wenn was ist, gehst du zu Ulli rüber. Wenn was ist, tust du dies. Wenn was ist, tust du das.
„Ich hab nichts zum Schreiben", sagt Simon.
Oma reicht ihm einen kleinen Notizblock und einen Kugelschreiber.
„Sieben. Acht. Vier. Zwei. Sieben. Hast du das?"
Simon nickt.
„Simon? Bist du noch da?"
„Ja", sagt er. Wo soll er sonst sein? „Ich mach jetzt Schluß, Mama."

„Schlaf gut, Schätzchen." Sie schmatzt vier Küsse in den Hörer. „Und gib mir Oma noch mal."
Oma drückt Simon an sich. „Ja", sagt sie kurz angebunden. „Sicher. Aber jetzt muß ich mich um den Jungen kümmern. Viel Vergnügen!"
Sie befühlt Simons Stirn. Führt ihn zum Sofa, geht aus dem Zimmer und kommt mit einem Fieberthermometer zurück. Sie steckt es Simon unter die Zunge.
Der Mann und die Frau liegen nackt im Bett. Wie Mama und Mario. Aber sie liegen zwischen seidigen Laken. Der Mann richtet sich auf und öffnet eine Flasche Champagner. Sie trinken aus hohen Gläsern, wie aus Blütenkelchen. Das ist anders als bei Mama und Mario. Seidiges Bettzeug, Champagner und Blüten-kelchgläser sind unerschwinglich für sie.
Der Mann gießt einige Tropfen Champagner in den Bauchnabel der Frau. Oma schaltet den Fernseher aus.
„Hast du Hunger?"
„Ja", nuschelt Simon um das Thermometer herum. Er fragt sich, was nun mit dem Champagner im Bauchnabel der Frau geschieht.
„Ich habe eine Gemüsesuppe gekocht", sagt Oma. „Mit Kohlrabi, Möhren, Bohnen, Rosenkohl und allem, was ich sonst noch im Kühlschrank gefunden habe."
Omas Kühlschrank muß unerschöpflich sein.
„Du brauchst jetzt Vitamine. Nicht nur welche aus der Apotheke, sondern auch richtige."
Das Thermometer piept, und Oma nimmt es Simon aus dem Mund.
„Neununddreißigzwei." Oma guckt das Thermometer an, als würde es ihr eine faustdicke Lüge auftischen. Dabei ist es

ein viel besseres Thermometer als das von Mama. Man muß es nach dem Messen nicht mal schütteln. Man drückt einfach auf den kleinen Schalter und fertig.
„Nach so hohem Fieber siehst du gar nicht aus", sagt Oma. Simon folgt ihr in die Küche.

Die Wanduhr über der Tür tickt stur und gleichmäßig vor sich hin. Das Geräusch wiederholt sich in Simons Kopf. Ticktack, ticktack, ticktack.
Die Wohnung ist angefüllt mit Geräuschen. Der Holzboden im Wohnzimmer knistert oft ganz ohne Grund. Die Heizkörper glucksen. Opas Wecker summt. Der Wasserhahn in der Küche tröpfelt. Als hätten überall Gespenster ihre weißen Hände im Spiel. Als huschten sie auf nackten Füßen wölkchenleicht hin und her und brächten alles zum Klingen.
„Wann kommt Opa?" fragt Simon und rührt in der dampfenden Suppe. Er wird allein vom Riechen satt.
„Morgen." Wenn Oma kaut, knackt es manchmal in ihrem Mund. Es liegt an ihrem Gebiß. Besonders stark ist das Knacken, wenn sie auf Fleisch beißt. In der Suppe ist kein Fleisch, deshalb ist das Knacken heute leiser.
„Und wie lange bleibt er?" Jedes Wort muß Simon mühsam aus sich hervorziehen.
„Zu kurz diesmal, nur bis zum Wochenende. Dabei war er zwei Wochen weg."
Opa ist Fernfahrer. Wenn er lange unterwegs war, hat er meistens eine ganze Woche frei.
„Er wird sich freuen, daß du hier bist." Oma sieht von ihrem Teller auf. „Warum ißt du denn nicht?"
Simon probiert es mit einem Scheibchen Möhre. Danach mit

einem Kartoffelwürfel. Und dann erbricht er auf den hellen Fliesenboden.
Oma kümmert sich nicht um das Erbrochene. Sie holt einen Waschlappen und tupft Simon das Gesicht behutsam mit lauwarmem Wasser ab.
„Es war noch zu früh“, sagt sie. „Ich hätte es wissen müssen. Komm, ich bring dich ins Bett.“
Der Weg zum Bett ist weit. Simons Beine schaffen ihn kaum. Halb läuft er, halb trägt Oma ihn. Sie schüttelt das Kopfkissen auf und deckt Simon zu. Füllt die Wärmflasche neu und schiebt sie ihm ins schon wieder ausgekühlte Bett.
„Soll ich dir ein bißchen Gesellschaft leisten?“
Simon nickt. Er muß sich auf die Wärme konzentrieren, sie tief in sich einsaugen.
Oma zieht den Stuhl heran, setzt sich und nimmt Simons Hand.
„Du glühst wie ein Glühwürmchen“, sagt sie.
Simon stellt sich ein Glühwürmchen mit winzigen glühenden Händen vor. Mit winzigen glühenden Füßen. Er hat noch nie eins gesehen.
„Was hältst du von Wadenwickeln?“
Simon schüttelt den Kopf. Bloß das nicht. Nicht dieses eklig feuchte Gefühl an den Beinen.
„Gut. Lassen wir das Fieber ruhig rauskommen. Es brennt die Erkältung aus dir heraus.“
Simon zieht Omas Hand an sein Gesicht, legt die Wange darauf und schließt die Augen.

In der Nacht wird er mehrmals wach. Immer sitzt Oma an seinem Bett. Manchmal schiebt sie ihm das Thermometer in

den Mund. Manchmal legt sie ihm ein kaltes, erfrischendes Tuch auf die Stirn.
„Schlaf weiter“, sagt sie. „Ich bleibe hier. Du brauchst keine Angst zu haben.“
Das Fieber bringt ihm wirre Träume. Einen riesigen Herrn Dankwart, dessen Mund hoch oben in den Wolken sagt: „Ich warte, Simon, ich warte.“ *Wartewartewarte*, echot es von allen Seiten.
Buddy auf Simons Platz in der Klasse, viel zu groß und zu dick für den kleinen Stuhl. Don im Tempelkatzensitz vor ihm auf dem Tisch. Beide sehen Simon an, als müsse er etwas ganz Bestimmtes tun. Doch sie sagen ihm nicht, was.
Und dann Elvira, die mit seinem Ranzen durch die Stadt läuft, um ihn vor Mario in Sicherheit zu bringen. Mario, der ihr mit langen Schritten nachsetzt, der Leopard auf seinem Arm im Sprung. Mama, die ihnen folgt, in einem Karnevalskostüm, die Lippen gespitzt und Küsse in die Luft schmatzend.
Irgendwann sitzt Oma nicht mehr auf dem Stuhl. Sie liegt neben Simon in ihrem Bett. Ihr Schlaf ist leicht. Sobald Simon sich bewegt, ist sie wach.
„Alles in Ordnung, Moppel?“
Ihre Nachttischlampe ist an, ein gelber Lichtfleck im finsteren Zimmer.
Ja. Alles in Ordnung. Und Simon schläft wieder ein und sucht sich einen Weg durch das Labyrinth der Fieberträume.

Mama kommt gegen zehn. Sie bringt zwei verlockende Tüten vom Bäcker mit – und Mario, der den abgeschabten Koffer mit Simons Sachen trägt. Simons Freude schrumpft zu einem bitteren Kern in seinem Hals.
„Er hat sich Urlaub genommen“, erklärt Mama und schiebt Mario in die Wohnung wie einen zu rasch aufgeschossenen, schüchternen Jungen.
„Um Simon zu besuchen?“ Überrascht guckt Oma Mario an.
„Auch“, sagt Mama. Ihr liegt daran, daß Oma Mario in einem guten Licht sieht. Aber ein Licht, in dem Mario gut aussähe, das gibt es nicht. Es müßte schon das Licht von einem sehr hellen, sehr freundlichen Zauberstern sein. Simon glaubt nicht an Zaubersterne.
Mario wirkt in der kleinen friedlichen Küche wie ein Bär in einer Puppenstube. Nachdem er den Koffer abgestellt hat, weiß er nicht, wohin mit seinen Händen. Schließlich steckt er sie in die Jackentaschen. Das ist nicht das geeignete Mittel, um bei Oma Eindruck zu schinden.
„Wollen Sie nicht ablegen?“ fragt sie kühl.
Mario holt die Hände wieder aus den Taschen hervor und

zieht die Lederjacke aus. Das knirscht wie Stiefelsohlen auf frisch gefallenem Schnee.
Mama hängt die Jacke und ihren Mantel an der Garderobe auf und trägt den Koffer ins Schlafzimmer. Dann kommt sie trällernd wieder in die Küche.
Jetzt erst scheint sie sich daran zu erinnern, warum sie eigentlich hier ist. Sie nimmt Simon in die Arme.
„Und wie geht es meinem Häschen?" Sie hält Simon ein Stück von sich ab und gibt sich die Antwort selbst. „Nicht gut. Blaß siehst du aus und so trüb in den Augen."
„Er hat die ganze Nacht nicht mehr erbrochen", erzählt Oma stolz, als wäre das eine Leistung von Simon, etwas, das nur er zuwege bringen konnte. „Und heute morgen schon einen Zwieback gegessen."
Mit einem milden, verlogenen Lächeln hört Mario zu. Simon fühlt sich auf einmal unbehaglich in Omas Bademantel. Buddy würde seinem Feind niemals in dem Bademantel einer Frau gegenübertreten. Selbst wenn die Frau seine Großmutter wäre.
Er geht ins Schlafzimmer und macht den Koffer auf. Jogging-anzug? Der geht. Er beißt die Zähne zusammen und läßt den Bademantel von den Schultern gleiten.
Die Kälte ist ungeheuerlich. Sie fällt über Simon her wie ein ausgehungertes Tier. Schnatternd steigt er in die Jogginghose und zieht den Pullover über den Kopf.
Die Betten sind gemacht. Der Minzgeruch des Heilpflanzenöls, mit dem Oma ihn mehrmals eingerieben hat, liegt noch in der Luft. Von einem gerahmten Foto auf Omas Nachttisch aus lächelt Opa ihm zu, ein wenig widerspenstig und verloren, ein wenig schief, so, wie er es auf Fotos immer tut.

Sie sitzen schon am gedeckten Tisch.
„Du hast dich umgezogen?“ fragt Mario. Das klingt ganz arglos. Aber er weiß genau, warum Simon sich umgezogen hat. Und macht sich darüber lustig. Der Unterton in seiner Stimme verrät ihn.
„Nee“, sagt Simon und setzt sich. Leider ist bloß noch der Stuhl neben Mario frei. Bestimmt hat Mama das so eingefädelt.
„Sei nicht so frech.“ Sie schenkt Kaffee ein. „Mario gibt sich doch nur Mühe, nett zu sein.“
Das ist es. Er gibt sich *Mühe,* nett zu sein. Er *muß* sich Mühe geben, weil er in Wirklichkeit ein Ekelpaket ist. Hört Mama denn ihre eigenen Worte nicht?
„Greifen Sie zu ... Kurt“, sagt Oma mit schneidender Liebenswürdigkeit.
„Er heißt Mario, Mutter.“ Verdrossen legt Mama ein kugeliges Mohnbrötchen vor Mario auf den Teller. Als könnte er es sich nicht selbst aus dem Brotkorb nehmen.
„Mario?“ Oma runzelt die Stirn. „Aber Simon hat mir doch gesagt ...“
„Miese Ratte!“ zischelt Mario Simon zu, und sofort ist es ihm peinlich, daß er ausgerechnet in dieser Küche die Beherrschung verloren hat.
Mama versucht, die Worte einfach wegzulachen, ein silbriges Stück Tonleiter hinauf, aber für Oma ist Mario allmählich wirklich erledigt.
Simon ißt ein halbes Sesambrötchen. An die prallen, glasigen Apfeltaschen und die schneeigen Kirschschnitten traut er sich noch nicht heran.
„Gestern abend hat ein Mädchen aus deiner Klasse angeru-

fen“, sagt Mama. „Sie wollte sich erkundigen, wie es dir geht.“
Mario grinst und stößt Simon den Ellbogen in die Seite. Verschwörerisch. Von Mann zu Mann.
„Sie heißt ... Ellen oder Mira oder so ähnlich.“
Mario räuspert sich bedeutungsvoll. Simon rückt ein Stück von ihm ab.
„Ich soll dir sagen, daß sie deinen Ranzen mit nach Hause genommen hat.“ Mama beißt in eine Apfeltasche. Gelbgrünes Mus sammelt sich in ihren Mundwinkeln. Sie leckt es mit spitzer Zunge auf.
Simon guckt nach unten, damit Mario sein Gesicht nicht sieht. Lessingstraße siebzehn. Da wird er den Ranzen abholen. Sobald er wieder gesund ist. Er lächelt.
„Ich kann ihn dir holen“, sagt Mario. „Wo wohnt sie denn, unsere Hübsche?“
„Den hol ich schon selber.“ Unsere Hübsche. Aus Marios Mund klingt alles irgendwie schmutzig, besudelt, schlammverschmiert.
„Sei doch nicht so stur, Simon.“ Mama wirft Mario einen Blick zu, der um Verzeihung bettelt. Wie ein Hund, der in der Vorratskammer ertappt worden ist. „Mario hat recht. Du könntest zwischendurch ruhig mal in die Bücher gukken. Bei deinen Noten hättest du das verdammt nötig.“
Wie kann sie vor Mario von seinen Noten reden!
„Ich weiß nicht, wo sie wohnt“, sagt Simon. Dabei kennt er nicht nur Elviras Adresse, nicht nur die Straße, er kennt sogar ihr Haus. Die Straße liegt in einem Viertel, das Mama *bessere Gegend* nennen würde. Sie ist gesäumt von hohen, prachtvollen Bäumen, in denen das Licht schillert und fun-

kelt wie Kristall. Jede Familie hat ein Haus ganz für sich allein. Weit und breit kein einziges Mietshaus. Nur diese Bungalows mit spiegelndem Glas und großen Gärten darum herum. Gärten wie Parks, manche von Hunden bewacht, manche von verwitterten Steinfiguren.
Simon ist extra mal hingefahren. Am Anfang der Lessingstraße ist er vom Rad gestiegen und hat es langsam an den Häusern vorbeigeschoben. Mit einem Klopfen im Hals, als würde er etwas Verbotenes tun.
Aus Elviras Haus hatte er zaghafte Klavierklänge gehört. Er hatte sofort gewußt, daß es Elvira war, die da spielte. Und in diesem Moment hatte er erst richtig gespürt, was das Klopfen im Hals ihm eigentlich längst verraten hatte, daß er da nicht hingehörte. Er hatte sich auf das Rad geschwungen und war weggefahren. So schnell er konnte.
Aber seitdem ist viel passiert. Er wird einen zweiten Versuch riskieren.
„Laß ihn doch in Ruhe", sagt Oma. „Er muß sich ausruhen und viel schlafen, damit er wieder auf die Beine kommt. Lernen kann er später noch."
Sie läßt Mama keine Zeit, etwas darauf zu erwidern. „Noch Kaffee ... Kurt?"
Eisern lächelnd, die Kinnladen in vorsichtiger Höflichkeit erstarrt, hebt Mario seine Tasse und hält sie Oma hin. Mama hat den Mund geöffnet und schließt ihn nun wieder. Ihr Blick bittet und bettelt zum zweitenmal um Verzeihung.
Mario achtet gar nicht auf sie. Er ist eingeschnappt. Seine plumpen Finger spielen rachsüchtig mit dem zierlichen Henkel der Tasse.
Simons Hände sind schwitzig und heiß. Sein Kopf ist leer.

„Ich leg mich wieder hin“, sagt er. „Kann ich aufs Sofa?“ Er will jetzt nicht allein in dem eisigen, stillen Schlafzimmer liegen.
Oma begleitet ihn zum Sofa und breitet ihre Mittagsschlafdecke über ihm aus.
„Möchtest du etwas lesen?“
Simon würde lieber fernsehen. Aber damit braucht er Oma gar nicht erst zu kommen. Nicht vor dem Nachmittag. Und es ist ihr ziemlich gleichgültig, ob Simon oder sonst jemand das für altmodisch hält oder nicht.
Sie legt ihm vier Bücher auf den Tisch, eins über Vögel, eins über Edelsteine, eins über Norwegen und eins über Balkonpflanzen. „Keine reichliche Auswahl, fürchte ich. Aber heute nachmittag gehe ich einkaufen. Dann schau ich mich mal in der Buchhandlung für dich um.“
„Ich les nicht so viel“, sagt Simon. „Ich guck mir lieber Bilder an. In Lesen bin ich der Schlechteste in der Klasse. Total hoffnungslos.“
Wie einfach es geht, Oma so was zu sagen. Nach dieser gemeinsam überstandenen Fiebernacht.
„Na und?“ fragt Oma.
„Dafür bin ich in Sport ganz gut.“
„Na also.“ Und damit kehrt sie in die Küche zurück.

Simon entscheidet sich für das Vogelbuch. Er blättert an Graureiher, Rohrdommel und Löffelente vorbei, bis er zum Adler kommt.
Wie weit er die Schwingen ausbreiten kann. Wie streng sein Blick ist. Seine Augen erinnern Simon an die klare Kälte von Puppenaugen. Ein wenig auch an die Augen von Schlangen.

Weil sein Blick genauso starr ist. Ruhig und aufmerksam beobachtet er und stößt dann blitzschnell zu, aus heiterem Himmel und mit tödlicher Sicherheit.
Falken stehen für Simon direkt an zweiter Stelle. Ihre Augen sind anders. Sie haben etwas Harmloses, Gutmütiges beinahe. Ein Falke, der sich aufplustert, sieht einer runden, sanften Taube ähnlich. Ausgerechnet einer Taube ...
Alles nur Täuschung, Tarnung, Maske. Wolf im Schafspelz, denkt Simon.
Wie auf sein Stichwort betritt Mario das Zimmer. Er wirft sich in den Sessel und streckt die Beine lang von sich. „Du interessierst dich für Piepmätze?“

Simon versucht den Adlerblick. Er runzelt die Stirn und starrt Mario durchdringend an.
Mario lacht. Ein Fitzelchen Salami hängt ihm zwischen den Zähnen.
In diesem Augenblick dreht sich draußen der Schlüssel im Schloß. Die Wohnungstür schnappt auf und fällt krachend wieder zu.
„Jemand zu Hause?“ ruft Opa.

Zuerst folgt Opa den Stimmen in der Küche. Dann kommt er ins Wohnzimmer.
„Simon!“ Er breitet die kräftigen Arme aus, ein Adler in seinem Horst, der sein zerrupftes, zerknautschtes Junges begrüßen will.
Simon klettert vorsichtig vom Sofa. Der Schmerz in seinem Kopf schläft nur. Eine einzige unbedachte Bewegung könnte ihn wecken.
„Sei gegrüßt, König der Lüfte“, sagt Simon.
„An mein Herz, bester all meiner Enkel“, antwortet Opa.
Simon lugt aus der kratzigen Wolle um Opas Arme hervor.
„Du hast ja überhaupt nur einen Enkel.“
„Sei nicht so kleinlich. Wer zählt da schon nach?“
In diesem Augenblick entdeckt er Mario, der steif im Sessel sitzt und ihrem Gespräch zuhört. Er muß es seltsam finden. Rot und ratlos wölben sich seine Lippen nach vorn.
„Und wer ist das?“
„Mario“, sagt Simon. „Mama will ihn im Frühjahr heiraten.“
Opas rechte Augenbraue schiebt sich nach oben. Die braune Haut darüber legt sich in Falten. Wie wenn man die Haut von einem Schokoladenpudding zusammenschiebt.

Mario steht auf, und Mama flattert an seine Seite. „Vater, das ist ..."
„Erst mal muß der Junge wieder aufs Sofa. Er glüht ja wie ein Ofen."
Simon krabbelt unter die Decke. Er fühlt sich so schlapp, als wäre er viermal um den Sportplatz gerannt.
„Kärcher", sagt Mario und hält Opa die Hand hin.
Das ist sein Nachname. Ein Name, an den Simon sich wird gewöhnen müssen, wohl oder übel. Eher übel.
Opa schüttelt Marios Hand. Das Lachen ist aus seinen Augen verschwunden. Es hat dem Adlerblick Platz gemacht, der Simon vorhin nicht gelungen ist. „Vielleicht setzen wir uns in die Küche? Ich habe nämlich Hunger. War lange unterwegs."
Die Sonne scheint schräg auf die Fenster und läßt den Alustreifen in dem Holzrahmen der Balkontür aufblitzen. Tagsüber ist die lange Gardine im Wohnzimmer zurückgezogen, damit man die Aussicht auf den Kaiserhügel genießen kann. Er heißt so, weil irgendein Kaiser mal hier vorbeigekommen ist.
Auf dem Kaiserhügel, knapp unterhalb seiner Kuppe, steht eine kleine weiße Kapelle mit einem spitzen schwarzen Türmchen. Im Sommer versteckt sie sich im dichten Grün der Bäume, aber im Winter kann man sie durch die kahlen Äste schimmern sehen. Auch den schmalen Weg, der zur Kapelle führt, kann man jetzt erkennen. Wie eine achtlos hingeworfene braune Schnur schlängelt er sich nach oben.
In der Küche reden sie. Simon hört Mamas Stimme, hell und aufgeregt. Dann Opas Stimme, dunkel und ruhig. Dazwischen das schrille, erboste Pfeifen des Wasserkessels.

Simon würde auch gern am Stadtrand wohnen, irgendwo an einem Wald oder da, wo die Felder beginnen. Aber Mama braucht den Trubel um sich herum. Sie braucht die vielen Geschäfte und Schaufenster in der Nähe und die Discos, in denen sie samstags tanzen geht. „Wenn ich tanze“, sagt sie, „in diesem blauen, zuckenden, tosenden Licht, dann vergesse ich alles. Dann ist da nur noch Musik und Bewegung, und die Welt da draußen, die gibt's gar nicht mehr.“

Sie will auch nicht ewig mit dem Bus fahren, um ins Büro zu kommen. Sie haßt Umständlichkeit. Und sie haßt es, mit lauter fremden Leuten eingesperrt zu sein und dieselbe Luft zu atmen wie sie.

„Wie Sardinen in einer Büchse“, sagt sie und schüttelt sich.

Das Vogelbuch in Simons Hand wird schwer. Er läßt es sinken und schläft ein.

Als er wieder wach wird, dämmert es bereits über dem Kaiserhügel. Und er ist immer noch müde.

„Ausgeschlafen?“

Simon dreht den Kopf. Opa sitzt im Sessel, die Füße auf dem Tisch, die Arme auf den Lehnen. Rötlicher Flaum sprießt unter seinen Manschetten hervor.

„Sind sie weg?“

Opa nickt. Er nimmt die Füße vom Tisch und geht zum Fenster, um die Gardine zuzuziehen und die Leselampe anzuschalten. Sie hat ein sanftes Licht. Trotzdem schließt Simon für einen Moment geblendet die Augen.

„Oma ist einkaufen. Pfundweise Vitamine, Pülverchen und Einreibzeug, da wette ich drauf. Noch ein, zwei Tage unter ihren Fittichen, und du bist wieder auf dem Damm.“

Simon geht aufs Klo. Im Badezimmerspiegel sieht er, daß

sein Gesicht glüht wie ein überreifer Pfirsich. Seine Augen glänzen unnatürlich. Die Haare sind verschwitzt und stehen ihm vom Kopf ab, als wär er einer von diesen Punks. Sie müßten nur noch knallgelb sein, giftgrün oder veilchenpastillenlila.
Das kalte Wasser tut an den Händen weh. Schnell trocknet Simon sie ab.
Er kuschelt sich wieder in die Decke. „Erzähl mir was von deiner Fahrt."
Opa lehnt sich im Sessel zurück und schlägt die Beine übereinander. „Zwei Wochen Autobahn und Landstraßen. Rauf bis an die Küste und runter in den Süden. Raststätten und Truckerstops, Currywurst, fetter Grünkohl und zu wenig Schlaf."
Er kommt viel herum. Vielleicht wird Simon auch mal Fernfahrer. Ein richtig guter Trucker. In Schottland. Dann wird er in einem verwinkelten grauen Häuschen wohnen, das bis zum Schornstein von lederblättrigem Efeu und samtigen Kletterrosen bewachsen ist. Mitten in den Highlands, zusammen mit Don und vielen anderen Katzen. Vielleicht an einem Loch.
Sein Truck wäre blau wie die Hügel. Und er hätte einen Kumpel, auf den er sich verlassen könnte. So einen wie Buddy, zuverlässig, witzig und ohne Angst. Einer, der im Ernstfall auch seine Fäuste zu gebrauchen weiß.
„Diesmal war der Wurm drin", sagt Opa. „Wir hatten zweimal eine Panne."
„Reifen?"
„Schlimmer. Wir mußten damit in die Werkstatt. Dadurch haben wir zwei kostbare Tage verloren."

„Mario arbeitet in einer Autowerkstatt", sagt Simon.
Opa nickt. „Das hat er mir erzählt. Und was weißt du sonst noch über ihn?"
„Er hat einen tätowierten Leoparden auf dem Arm."
„Einen Leoparden? Den hat er mir nicht gezeigt."
„Er macht Bodybuilding. In einem Fitneßcenter. Vielleicht will er, daß der Leopard größer wird." Simon knüllt die Decke zusammen und streicht sie wieder glatt. „Ich hasse Leoparden!"
„Leoparden sind wild und stark." Opa guckt Simon in die Augen. „Wie Adler."
„Sie können aber nicht fliegen", sagt Simon.
„Nee." Opa grinst. „Und wenn sie hundert Jahre alt würden. Das können sie nicht."
„Wer kann was nicht?"
Sie haben gar nicht gehört, daß Oma vom Einkaufen zurückgekommen ist. Sie hat die Taschen in der Küche abgestellt, ist aber noch im Mantel und hat eine Ahnung von Winterluft mit hereingebracht. Die Hände hat sie hinterm Rücken versteckt. „Rechts oder links, Moppel?"
„Links." Simon nimmt immer links. Links bringt Glück.
Omas verfrorene linke Hand legt ihm ein Päckchen auf die Decke.
Simon schält das Papier ab und hält den Atem an. Ein Reiseführer durch Schottland! Dick wie drei Daumen übereinander. Mit glatten, glänzenden, funkelnagelneuen Fotos. Kein Vergleich zu den paar armseligen, stumpfen Seiten in seinem Katalog.
Niemand hat bisher in dem Buch geblättert, außer Oma vielleicht. Manche Seiten kleben sogar noch aneinander.

Loch Mullardoch. Loch Kishorn. Loch Linnhe. Loch Rannoch. Und tausend steinalte Burgen und Schlösser, die in Schottland *Castle* heißen. Die Männer tragen *Kilts*, faltige Röcke mit Karomuster, die bis zu den Knien reichen. Sie haben flache Kappen auf dem Kopf und grobe Wollkniestrümpfe an den Beinen. Unter ihrem Bauch hängt eine ulkige kleine Troddeltasche, und aus einem der Strümpfe guckt etwas hervor, das wie ein zusammengeklapptes Taschenmesser aussieht.

Da kann Buddy ruhig den Mund verziehen. Simon gefällt das. Und Dudelsackspielen, das lernt er auch noch irgendwann.

Als Oma ihn zum Essen ruft, hat Simon Mühe, in die Wirklichkeit zurückzufinden. Das Grün und Blau der Berge zu verlassen, die Schafe an den Hängen, das abgrundtiefe Wasser der Lochs. Er ist nicht mehr in Schottland. Er ist hier, bei Oma und Opa, auf dem Sofa, und er ist krank. Wieder hat er nur den Spatz in der Hand.

Er klappt das Buch zu und legt es auf den Tisch. Läßt den Spatzen fliegen. Er hat Zeit und kann warten. Eines Tages wird er die Hand ausstrecken. Und sein Arm wird lang genug sein, um die Taube vom Dach zu holen. Sie ist nicht unerreichbar für ihn.

Wohl aber die Küche. Kraftlos setzt Simon einen Fuß vor den andern.

„Und dieser Junge behauptet, er liest nicht so viel", sagt Oma. „Dabei liest er, liest und liest." Sie reicht Simon ein Glas mit frisch gepreßtem Apfelsinensaft. Auf der Fensterbank hat sie eine kleine Galerie von Tüten, Tuben und Dös-

chen aus der Apotheke aufgebaut. Hustentee, Kamilleblüten, Brausetabletten, Erkältungsbad.
„Was hab ich dir gesagt?“ Opa weist mit dem Kopf darauf. „Gesundheitszeug in Hülle und Fülle.“
„Simon braucht das jetzt“, sagt Oma. „Man muß das Übel im Keim ersticken.“
„Und deshalb werde ich gleich mitbehandelt?“ Opa hebt sein Glas und guckt mißtrauisch den Apfelsinensaft an, in dem träge die Fruchtfleischfäden schwimmen.
„Auf die Adler“, sagt er und prostet Simon zu.
„Auf die Adler“, sagt Simon. „Tod den Leoparden.“
„Na.“ Opa trinkt, setzt das Glas ab und wischt sich die Lippen. „So weit müssen wir ja nicht gleich gehen.“
„Von was redet ihr denn da?“ fragt Oma.
Opas Miene verdüstert sich. „Über jemanden, den ich mir mal unter die Lupe nehmen muß.“
Sofort weiß Oma, um wen es geht. „Er hat keine Manieren“, sagt sie. Und damit ist das Thema für sie beendet.
Für Opa nicht. Simon sieht es an seinen Augen. Adleraugen. Mit einem strengen, aufmerksamen Blick, der wie ein Stirnrunzeln ist.

Auch in dieser Nacht schläft Simon in Opas Bett. Opa ist in das Mehrzweckzimmer umgezogen. Es heißt so, weil es für mehrere Zwecke da ist. Wenn Oma und Opa Besuch haben, ist es ein Eßzimmer, weil ein großer alter Tisch mit sechs Stühlen darin steht. Wenn der Besuch über Nacht bleibt, ist es ein Gästezimmer, weil man aus dem Sofa ein Bett machen kann. Aber es ist auch ein Bügelzimmer, ein Nähzimmer, ein Bastelzimmer und ein Büro.

Simon hätte gern mit Opa getauscht, denn das Mehrzweckzimmer ist geheizt. Aber das Fieber ist wieder gestiegen, der Schnupfen ist stärker geworden und der Husten auch. Da möchte Oma in seiner Nähe sein.

„Wenn es morgen nicht besser ist, gehen wir zum Arzt", hat sie gesagt. „Nicht, daß wir etwas verschleppen und eine Lungenentzündung daraus wird."

Sie hat wieder die Nachttischlampe brennen lassen. Das Licht hilft Simon durch die Nacht und ihre Träume, die ihn so sehr zum Schwitzen bringen, daß er gegen drei den Schlafanzug wechseln muß. Leise rollt er sich aus dem Bett, um Oma nicht aufzuwecken. Er nimmt den frischen Schlafanzug mit ins Badezimmer.

Die Baumwolle hat die klamme Kälte vom Kleiderschrank gespeichert und legt sich wie eine Fischhaut auf Simons Schultern. Fröstelnd stellt er sich an die Heizung, obwohl das nicht viel hilft, denn sie ist nachts nur lauwarm.
Er sieht aus dem Fenster. Nebel hat das Haus gegenüber verhängt, einsamer, grauer Nebel, der um die Laterne herum bläßlich schimmert.
Verstehst du jetzt, warum Katzen Nachttiere sind? fragt Don. *Kennst du etwas Schöneres als diese tiefe Stille?*
Der Nebel bewegt sich, zerweht ein wenig und wird wieder dicht.
Ja. Simon kann sich was Schöneres vorstellen. Diese tiefe Stille gemeinsam mit Don.
Don schnurrt leise. *Ich vermisse dich auch.*
„Wenn du nicht wärst", sagt Simon, „ich würd die Fliege machen. Sobald wie möglich."
Du weißt, was ich davon halte.
„Jaja. Weglaufen ist keine Lösung. Es findet sich immer ein Weg, blabla."
Genau.
„Und wo, bitteschön? Wo ist dieser Weg?"
Geh jetzt ins Bett. Du hast Fieber. Wir unterhalten uns später darüber.
„Manchmal bist du ein schrecklicher Besserwisser, Don. Manchmal ..."
„Simon?" Opa steckt den Kopf ins Zimmer. Schlaf liegt auf seinem Gesicht. „Mit wem redest du denn?"
„Mit Don." Alles ist kalt, kalt, kalt. Und Don mit seinem warmen Fell ist so weit weg.
„Mit Don?" Opa gähnt und reibt sich das Stoppelkinn.

„Könntet ihr das Gespräch nicht auf morgen verschieben? Oder gibt's was sehr Wichtiges zu besprechen?"
„Es geht um die Fliege." Irgendwas an diesem Satz ist falsch. Aber Simon ist zu müde, um darüber nachzudenken.
Opa schiebt ihn auf den Flur. „Na, die ist morgen bestimmt auch noch da."

„Tief einatmen", befiehlt Oma.
Sie hat Simon einen Topf mit dampfendem Kamillesud unter die Nase gestellt und ihm ein Badetuch über den Kopf gelegt, um den Dampf einzufangen. Der Dampf ist so heiß, daß Simon kaum zu atmen wagt.
„Das macht die Nase frei", sagt Oma. „Es ist ein altes Hausmittel."
Opa sitzt mit der Zeitung im Wohnzimmer. Der hat es gut.
Schweiß läuft Simon übers Gesicht, Rotz tropft ihm aus der Nase, die Haare kleben ihm am Kopf.
Zehn Minuten muß er unter dem Badetuch bleiben, dann erlöst ihn schnarrend die Uhr vom Herd. Oma rubbelt Simon die Haare trocken. Erschöpft sinkt er wieder auf das Sofa.
„Willst du auch?" Opa hält ihm einen Teil der Zeitung hin.
Aber Simon möchte lieber noch ein bißchen im Schottlandbuch stöbern. So viel hat er freiwillig noch nie gelesen.
Er ist bis Inverness gekommen, hoch im Norden, da ruft Mama an.
„Siebenunddreißigzwei", sagt Oma. „Ich glaube, er ist über den Berg."
Über den Berg, quer durch die Highlands, in Inverness, ganz in der Nähe von Loch Ness. Simons Finger fährt über das

Foto von Nessie. Er hat gewußt, daß es sie gibt. Er hat es gewußt!
„Heute schon? Aber warum denn?“
Es ist eine Schwarzweißaufnahme. Nessie sieht darauf aus wie ein riesiger, geisterhaft heller Wurm. Vielleicht ist das Bild nachts aufgenommen worden. Vielleicht haben sie Nessie mit Scheinwerfern angestrahlt. Das würde ihre sonderbare Färbung erklären. Denn Simon ist sich ganz sicher, daß Nessie grün ist, nicht weiß.
„Aber du kannst ihn doch morgen nicht ... Er braucht noch Ruhe, Karin. Ich dachte, übers Wochenende ... Gut. Wie du meinst.“
Sie reicht den Hörer an Simon weiter, unwirsch, die Lippen farblos und schmal.
„Schätzchen?“
„Hmh?“
„Ich möchte, daß du heute abend nach Hause kommst.“
Mamas Stimme hört sich geschäftig an. Es ist ihre Planstimme. Mama plant gern und viel. Sie hat für alles einen Plan. Für ihre Arbeit, den Haushalt, die Freizeit. Und Simon verplant sie immer gleich mit. Weist ihm einen Platz zu zwischen Arbeit, Abwasch, Einkaufen, den Kursen in der Volkshochschule, den Dauertelefonaten mit allen möglichen Leuten und den Treffen mit ihren Freundinnen. Und Mario. Manchmal kommt er sich vor wie ein Halmamännchen. Mama rückt ihn hin und her und nimmt ihn auch schon mal aus dem Spiel, damit er ihre Züge nicht stört.
„Mario holt dich ab. Ich bin erst gegen neun zu Hause, weil heute mein Jazztanzabend ist. Aber ich beeil mich. Pack deine Sachen, und versuch, nichts zu vergessen, ja?“

Wenn sie ihn nicht selber hin- und herschieben kann, bittet sie andere, es für sie zu tun. Ulli zum Beispiel oder den Freund, den sie gerade hat, zur Zeit eben Mario. Sie ist gut darin, andere in ihre Planungen zu verstricken.
„Warum kann ich nicht bis morgen bleiben? Wenn du doch sowieso nicht da bist."
Ein heftiger, scharfer Atemstoß. Wie ein kalter Luftzug weht er Simon ins Ohr.
„Weil wir heute morgen ein Gespräch mit Herrn Dankwart hatten. Du stehst auf der Kippe, mein Lieber. Noch einen Tag Fehlen kannst du dir nicht leisten. Ihr macht bald den Test für die weiterführenden Schulen."
Von Mamas Chinesisch ist nur ein Wort hängengeblieben. *Wir.* Wer ist wir?
„Mario war entsetzt über das, was Herr Dankwart uns erzählt hat."
„Du hast Mario mitgenommen? In die Schule?"
„Was uns angeht, dich und mich, das betrifft auch Mario."
Gereiztheit hat sich in Mamas Stimme eingeschlichen. Zähe, klebrige Gereiztheit, wie Schneckenschleim auf dem Gehsteig.
„Deinen Mario? In meine Schule?"
„Simon! Sei nicht albern!"
„Und alle haben ihn gesehn? Wie er über den Schulhof gelatscht ist?"
Wahrscheinlich Hand in Hand mit Mama, im breitbeinigen Djangogang, Besitzerstolz in den Augen und dieses Seht-her-da-bin-ich-Grinsen auf den Lippen. Womöglich sogar in der großen Pause. An Charly und den andern vorbei. An Elvira.

„Mein Gott, Simon! Er hat sogar deinen Ranzen abgeholt. Ist deswegen extra ..."
„Meinen Ranzen?! Mario?!"
Jetzt reicht es Mama. „Hör auf, mir alles nachzuplappern! Pack deine Sachen und Schluß!" Sie legt auf.
„Ärger?" fragt Opa und faltet raschelnd die Zeitung zusammen.
Simon öffnet den Mund. Aber die Wörter kommen nicht raus. Sie haben sich in seinem Bauch zusammengeballt. Er hämmert mit der Faust auf das Sofa. Dreimal. Viermal.
„Simon! Hör auf. Du tust dir doch nur selbst weh."
Simon beißt sich auf die Unterlippe. Er muß sich zusammenreißen. Unbedingt.
Sonst kommt Mama wieder auf die Idee, ihn zur Erziehungsberatung zu schleppen, wo diese Frau Sowieso-Bindestrich wie eine fette schwarze Spinne in diesem blödsinnig sonnigen Zimmerchen sitzt, umgeben von lauter Fröhlichkeit. Fröhlichen, knatschbunten Möbeln, einem fröhlichen Gewirr an kletternden, krabbelnden Pflanzen und fröhlichen, krakeligen Kinderzeichnungen an den fröhlichen, rosafarbenen Wänden.
Wo sie Simon Spiele spielen und Bilder malen läßt. Ihn beobachtet und ihm merkwürdige Fragen stellt. Und nur darauf lauert, daß er etwas von sich verrät, ihr etwas von dem zeigt, was er vor langer, langer Zeit in sich eingeschlossen hat. Was keinen etwas angeht. Niemanden.
Wo sie sich Notizen macht. Und ihn anlächelt mit diesem Lächeln, das wie Kaugummi ist. Das sie in die Länge ziehen kann, und es hört niemals auf.
Das hatten sie doch alles schon.

Und als er Frau Sowieso-Bindestrich über den Kopf gewachsen war, als sie sich festgerannt hatte an seinem eigensinnigen, bösen, bösen Schweigen und ihm ihr Lächeln endlich vor die Füße gespuckt hatte, da kam ein anderes fröhliches Zimmerchen, diesmal zitronengelb, und ein Doktor Sowieso, den er Nick nennen sollte.
Der tat so, als wären ihm Simons Geheimnisse ganz egal. Als ginge es gar nicht um sie. Als ginge es nur um ihn selbst und um Simon und all die Gefühle zwischen ihnen. Er lachte viel, erzählte lustige Geschichten, und das Licht der Deckenbeleuchtung spiegelte sich in seiner Brille, denn damals war Winter, und die Sonne schien nicht mehr so oft ins Zimmer. Nick hatte andere Spiele, er machte sich keine Notizen, sein Lächeln war nicht wie Kaugummi, sondern rasch und leicht wie ein Sommerregen, und fast schon war Simon bereit, sich wie eine Muschel zu öffnen, da bekam er heraus, daß Nick hinter seinem Rücken alles Mama erzählte.
Alles, was Simon von sich preisgegeben hatte, und das war viel. Nick hatte die Geheimnisse aufgespürt, eins nach dem andern, und es war Simon nicht einmal aufgefallen.
Nein, dahin nicht mehr. Nicht mehr in das rosarote Zimmerchen und erst recht nicht mehr in das zitronengelbe. Simon preßt die Lippen zusammen.
„Simon", sagt Opa sanft und drückt ihm ein Taschentuch in die Hand.
Daß man heulen kann, ohne es zu merken!
Opa verliert kein Wort darüber. Beide verschwinden hinter einem Teil der Zeitung. Und dann hat Simon sich wieder beruhigt.
Es läutet an der Tür. Oma kommt aus dem Mehrzweck-

zimmer, das gerade ein Bügelzimmer ist, und geht aufmachen.
„Moppel, du hast Besuch."

„So." Opa trinkt seinen Kaffee aus, knüllt die durchsichtige japanische Serviette mit dem Seerosenmuster zusammen und steht auf. „Wir machen einen kleinen Spaziergang, Oma und ich. Ihr kommt doch allein zurecht?"
Und ob sie allein zurechtkommen.
Sonnenlicht liegt auf Elviras Haar und gibt ihr einen Heiligenschein. Wie auf der alten Ikone, die Simon mal auf dem Flohmarkt gesehen hat. Mama wollte sie unbedingt haben, aber sie war zu teuer. Dabei war es gar keine echte, nur eine nachgemachte.
Aber Elvira ist echt. Sie sitzt unbestreitbar hier mit ihm im Mehrzweckzimmer und knabbert an einer Printe. Simon kann es immer noch nicht glauben.
„Deine Oma und dein Opa sind nett", sagt Elvira.
Was, erwartet sie, soll er darauf sagen? Er wünschte, er hätte geduscht und einen sauberen Pullover an.
„Ich wollte dir den Ranzen bringen. Aber ich hab irgendwie kein Glück damit. Der Freund von deiner Mutter hat ihn abgeholt."
„Ich weiß", brummt Simon. Er hat keine Lust, über Mario zu reden. Keine Lust, auch nur an ihn zu denken.
Da tippt Elvira das Schottlandbuch an. Es liegt auf der Fensterbank, aufgeklappt, die Seiten nach unten. Zögernd greift Simon danach. Er schlägt es auf.
Elvira rückt ihren Stuhl an seinen heran. Und dann entführt Simon sie nach Edinburgh. Nach St. Andrews, Stirling und

Aber-deen. Wie ein Vorhang fällt Elviras Haar auf den Tisch. Eine Strähne kringelt sich kitzelleicht auf Simons Hand.
„Und Nessie?“ fragt Elvira sehr viel später. Oma und Opa sind längst wieder zu Hause. Sie rumoren in der Küche herum.
Ein Rest von Argwohn blitzt in Simon auf. Und wenn sie lacht?
Er zeigt ihr das Foto von Loch Ness. Danach den Schnappschuß von Nessie. Und wartet.
Elvira streicht sich das Haar hinter die Ohren. Sie guckt ihn an. In ihren Augen ist ein Leuchten. Dann beugt sie sich wieder über das Buch.
„Ich glaub nicht, daß sie weiß ist“, sagt sie. „Eigentlich glaub ich, sie ist grün.“

Penner, blöder!“ Das ist nun schon der siebte Autofahrer, den Mario anpflaumt. Er zeigt ihm den gestreckten Mittelfinger. „Hast deinen Führerschein wohl in der Lotterie gewonnen!“

Am Rückspiegel baumelt ein walnußgroßer Totenschädel aus Plastik an einem Silberkettchen. Auf dem Handschuhfach klebt ein Sticker mit der Aufschrift: „Ich geh kaputt. Gehst du mit?“ Zwei leere Coladosen rollen neben Simon auf dem Boden hin und her. Von einer Kassette schmalzt die Stimme von Marius Müller-Westernhagen. Mario klopft mit den Händen im Takt dazu auf das Lenkrad.

„Cooler Typ!“ ruft er nach hinten.

„Kannst du's nicht ein bißchen leiser drehn?“

„Hä?“

„Ob du's ein bißchen leiser drehn kannst!“ brüllt Simon.

Mario dreht den Ton runter. „Mit Rondo Venedingsbums kann ich leider nicht dienen“, sagt er.

Das kann Simon sich vorstellen. Wenn er schon den Namen nicht aussprechen kann.

„Deine Schnecke mag dieses Rondozeugs ja auch.“

Schnecke? Was für eine Schnecke?

„Als ich deinen Ranzen in diesem Nobelschuppen abgeholt hab, da hörte sie's gerade."
Er meint Elvira. Simon schaltet die Ohren auf Durchzug. Und denkt an Elvira. Sie ist noch zum Abendessen geblieben. Und dann hat Oma sie nach Hause gefahren.
„Wollen wir tauschen?" hat Elvira ihm beim Rausgehen zugeflüstert. „Deine Großeltern gegen meine?" Und Rondo Veneziano mag sie auch!
Mit quietschenden Reifen biegt Mario in die Straße ein, schießt auf den einzigen freien Parkplatz zu und bremst, daß Simons Kopf nach vorn und wieder zurückgeschleudert wird. Wie der haltlose Kopf einer Marionette. Als wär er nur durch dünne Fäden mit seinem Hals verbunden.
Mario schließt die Haustür auf. Der Schlüssel hängt an seinem Schlüsselbund. Fest und für immer. Nicht nur für heute.
„Arbeit versaut einem den ganzen Tag, was?"
Das gilt dem Hausmeister, der wieder mal damit beschäftigt ist, die unflätigen Schmierereien von den Briefkästen abzuwischen. Sie scherzen und lachen wie alte Bekannte. Der Hausmeister ist immer zu einem Schwatz aufgelegt. Sofern er nüchtern ist. Er liebt es, über die Politiker zu schimpfen, die Stromrechnungen und die Kinder im Haus. Seine eigenen verprügelt er jedes Wochenende. Immer dann, wenn er aus der Kneipe kommt.
Simon bleibt nicht bei ihnen stehen. Den Hausmeister hat er noch nie gemocht. Er riecht nach Schnaps und Zigarren, und beim Sprechen sprüht Spucke aus seiner fauligen Zahnlücke. Die Leute im Haus nennen ihn deswegen Lama.
Der Koffer wird von Stufe zu Stufe schwerer. Simon

schwitzt und keucht. Das Lama schickt von unten ein meckerndes Lachen herauf. Hinter den Türen zischt und brodelt es. Irgendwo gibt es Fisch zum Abendessen. Woanders Braten. Dazwischen schiebt sich der Geruch nach Kaffee und Zigarettenrauch.

Simon will gerade seinen Schlüssel ins Schloß stecken, als er das neue Türschild sieht.

Kärcher steht da. In schwarzer Schnörkelschrift auf blankpoliertem Messing. Und es steht nicht unter Mamas und Simons Namen, sondern drüber! Als würde die Wohnung Mario gehören. Als wären Mama und Simon bloß seine Untermieter.

Der Koffer kracht auf den Boden. Simon versucht, das Türschild mit den Fingernägeln abzureißen. Aber es ist festgeschraubt. Er braucht einen Schraubenzieher. Doch dazu muß er erst mal den Schlüssel in das Schloß stecken. Wenn seine Hand nur nicht so zittern würde!

Ullis Tür öffnet sich am anderen Ende des Gangs, und Ulli kommt heraus, das Baby auf der Hüfte. „Was machst du denn für einen Krach?"

„Ich krieg die Tür nicht auf."

Nicht heulen. Rein und in sein Zimmer und dann ins Bett. Zu Don.

Ulli stampft über den Flur. Unter dem strammen kurzen Neonrock wabbeln ihre speckigen Knie. „Laß mal sehn." Sie schiebt Simon zur Seite und nimmt ihm den Schlüssel ab. Steckt ihn in das Schloß. Die Tür springt auf.

Simon stürmt in die Wohnung, stolpert beinah über Don, der ihn an der Garderobe erwartet hat und nun mit gesträubtem Fell zurückweicht.

Ulli kommt Simon mit dem Koffer und dem brabbelnden Baby nach. „Was hast du denn?“
Simon liegt schon im Bett. Mit Jacke, Schuhen und allem. Er zieht sich die Decke über den Kopf.
Die Matratze ächzt, als Ulli sich mit ihrem ganzen Gewicht draufsetzt. Sie hebt die Decke von Simons Gesicht und guckt ihn an. Auch das Baby guckt ihn an. Aus großen, feuchten Vergißmeinnichtaugen. Es gurrt wie eine Taube.
„Willst du mir nicht sagen, was los ist?“
Simon schüttelt den Kopf. Obwohl er ihn lieber an Ullis mächtigen, tröstlichen Bauch schmiegen würde. Trotz Schweißgeruch. Aber der Bauch ist vom Baby besetzt.
Und dann steht Mario im Zimmer. „Laß mal, Ulli. Ich mach das schon.“
Und Ulli steht auf! Setzt das Baby wieder auf die Hüfte und geht!
Ulli, will Simon rufen, bleib hier! Oder nimm mich mit. Tu was! Schrei ihn an! Schmeiß ihn raus! Das ist unsere Wohnung! Aber seine Zunge gehorcht ihm nicht.
Die Tür fällt ins Schloß.
„Raus aus dem Bett“, sagt Mario. „Ich hab das Theater satt.“ Er zieht Simon die Decke weg.
Don hat sich unter der Heizung verkrochen. Nur die Schwanzspitze verrät ihn. Sie klopft auf den Boden, als wär sie ganz für sich allein lebendig.
Simon setzt sich auf. „Seit wann?“ schreit er.
„Seit wann was?“
„Seit wann steht dein Name da draußen auf unserm Schild?“
„Seit heute morgen.“
Deshalb hat er sich also Urlaub genommen. Um in die Woh-

nung einzuziehen. Deshalb die dicke Freundschaft mit dem Lama. Deshalb ist Mama nur das eine kurze Mal zum Frühstück gekommen. Sie hatte alle Hände voll zu tun.

„Geh weg“, sagt Simon. „Das ist mein Zimmer.“

„Jetzt hör mir mal gut zu.“ Mario bleibt bei der Tür stehen und droht mit dem Zeigefinger. „Du kannst es dir aussuchen: Freundschaft oder Feindschaft.“

Da muß Simon nicht lange überlegen.

„Feindschaft“, sagt er.

Achselzuckend geht Mario hinaus.

Simon legt sich vor der Heizung auf den Bauch. „Er ist weg. Du kannst rauskommen, Donnie.“

Don zwängt sich unter den Heizungsrippen hervor. Eine Staub-fluse hängt an seinem Ohr. Er reibt den Kopf an Simons Kinn, stupst zärtlich mit seiner kalten Nase. Dann sieht er starr zur Tür. Er hat Hunger. Bestimmt hat Mario ihn heute noch nicht gefüttert.

Auf dem Weg zur Küche steckt Simon den Kopf ins Wohnzimmer. Viel hat sich nicht verändert. Aber es sind fremde Sachen dazugekommen. Ein Chromregal mit CD-Player, Lautsprecherboxen und reichlich gefüllten CD-Fächern. Genau an der Stelle, an der Mamas alte, zerkratzte Anlage auf einem wackligen Tischchen gestanden hat. Ein schwarzer Sessel mit Kopfstütze. Ein Acryltisch mit einem neuen Fernseher und einem Videorecorder. Und auf dem Teppichboden liegt ein Teppich, schwarz, grün und violett gestreift.

Mario sitzt am Küchentisch und studiert das Fernsehprogramm. Er bohrt in der Nase. Das müßte Mama sehen. Sie haßt es, wenn Leute popeln.

Die gemütlichen Regale und der alte Schrank mit den Klebe-

bildchen sind verschwunden. Überall stehen und hängen schmale Schränke. Dunkelblau, mit silbernen Griffen an den Türen, wie in einem Raumschiff vielleicht. Man kann sich sogar darin spiegeln.

Simon macht eine Tür auf, noch eine. Wo ist Dons Futter?

„Wenn du das Katzenfutter suchst", Mario zeigt in den Flur, „das steht jetzt im Putzschrank." Im Putzschrank! Dons Futter! Zwischen Essigreiniger, Scheuermittel, Schuhcreme und Möbelpolitur.

Im Putzschrank steht auch ein neuer Staubsauger. Im Schuhschränkchen sind Marios Schuhe aufgereiht. Und im Bad? Simon sieht nach. Schwarze Zahnbürste, Rasierapparat, Rasierwasser, fremde Handtücher, eine Massagebürste am Waschlappenhaken, und darüber hängt großspurig ein Expander.

Das haben sie wirklich sauber eingefädelt, Mama und Mario.

Wieder in der Küche, sucht Simon nach Dons Freßnapf.

„Auf dem Balkon", sagt Mario.

„Auf dem Balkon? Wieso?"

„Weil das Futter stinkt." Mario schaltet die Kaffeemaschine an. Die ist auch neu. Ein Riesending mit einer bauchigen Glaskanne rechts und einer links und fast geräuschlos.

„Ich soll Don auf dem Balkon füttern? Im November?"

„Er hat ein Fell oder nicht?"

„Du kannst ja auch einen Mantel anziehen und draußen essen", sagt Simon. „Wie würd dir das gefallen?"

„Wahnsinnig komisch!" Mario fängt lustlos an, den Tisch zu decken. Wahrscheinlich hat Mama ihn dazu verdonnert. „Mach nicht so einen Streß. Er hat sich ganz locker daran gewöhnt." Er geht ins Wohnzimmer, legt eine CD ein und

dreht den Ton so laut, daß er die Musik in der Küche hören kann. Diesmal Grönemeyer, der mit zusammengebissenen Zähnen singt. Als säße er mit Verstopfung auf dem Klo.
Simon füttert Don auf dem Balkon. Er hockt sich neben ihn und wartet, bis er fertig ist. Wenn er schon draußen fressen muß, dann wenigstens nicht allein.
Don frißt nicht, er schlingt. Und sieht er nicht auch dünner aus?
„Ich geh nie wieder von dir weg“, sagt Simon. „Nie, nie wieder. Das versprech ich dir bei allem, was mir heilig ist.“ Aber was gibt es denn, was ihm heilig ist? „Ich schwör's dir bei ... Schottland.“ Ja. Das ist ein guter Schwur.
Don hat eben das letzte Bröckchen vertilgt, da reißt Mama die Tür auf.
„Simon! Bei dieser Kälte! Bist du verrückt?“

Es hat sich so ergeben", erklärt Mama. „Der Vermieter hat Mario gekündigt, und für die kurze Zeit lohnt es sich nicht, daß er sich eine andere Wohnung sucht."

Für die kurze Zeit?

„Mario will sich selbständig machen. Eine eigene Werkstatt, stell dir vor! Mit einem Freund zusammen. Und dann ziehen wir sowieso um."

Bei *eigene Werkstatt* lächelt Mama Mario an, wie sie Simon vielleicht anlächeln würde, wenn er mal eine Eins in Mathe oder Deutsch nach Hause bringen würde. Mario lächelt zurück, geschmeichelt bis in die Fingerspitzen.

Ihre Blicke saugen sich aneinander fest. Vier, fünf Herzschläge lang sind sie allein auf der Welt.

„Wir ziehen um?" Simons Löffel bleibt im Nußpudding stecken.

„Raus aus diesem schrecklichen Haus. Aus dieser schrecklichen Stadt." Mama wirft die Arme in die Luft, als wolle sie davonfliegen. „In einen kleinen Ort im Sauerland. Marios Freund hat da einen alten Bauernhof geerbt. Da können wir alle wohnen. Und die Scheune wird die Werkstatt."

„Ziemlich runtergekommen, das gute Stück", sagt Mario.

„Aber das kriegen wir schon hin."
Mama in einem kleinen Ort im Sauerland? Ohne Geschäfte? Ohne Schaufenster? Ohne Discos? Ohne das blaue, wirbelnde, laute Licht? Auf einem runtergekommenen Bauernhof?
„Und die Schule?" fragt Simon.
„Schulen gibt's da auch", behauptet Mario. „Massenhaft."
Simon stellt sich einen kleinen Ort im Sauerland mit massenhaft Schulen vor. Einen Ort, der nur aus Schulen besteht. Wie in einem Film über das Leben in tausend Jahren. Grauenhaft.
„Ich will aber nicht in eine andere Schule. Ich will in *meiner* Schule bleiben."
Über den Rand seiner Tasse hinweg sieht Mario Simon gleichgültig an. „Was du willst oder nicht willst, das steht hier absolut nicht zur Debatte."
„Mario ..." Mama legt besänftigend die Hand auf Marios Arm. Die andere Hand kommt, weiß, schlank und von Ringen glitzernd, auf Simon zugeschwebt.
Simon zieht den Arm weg.
„Warum kannst du dich nicht wenigstens ein bißchen freuen, Simon?" Die mütterliche Geduld bröckelt. Mama hat nicht viel davon, und das wenige ist rasch aufgebraucht.
„Ich kenn da doch keinen." Aber bestimmt gibt es in diesem kleinen Ort im Sauerland auch massenhaft Kinder. So viele, daß man kaum durch die Straßen gehen kann, ohne irgendein Kind anzurempeln.
„Grad jetzt, wo Charly und die andern meine Freunde werden."
Und Elvira. Vielleicht gibt es im Sauerland ja massenhaft

Mädchen. Aber Elvira gibt es nur einmal. Hier. In der Lessingstraße siebzehn.
„Nach den Sommerferien mußt du doch sowieso auf eine andere Schule“, sagt Mama. „Falls du nicht sitzenbleibst.“
„Falls“, bekräftigt Mario und gähnt durch die Nase. „Wie man hört, sind die Aussichten ja nicht gerade rosig.“
Simon wünschte, sein Vater käme jetzt herein, wer immer das auch sein mag. Er wünschte, er käme herein, ein Mann wie ein Schrank, wie ein Bär, ein Taifun, zöge Mario vom Stuhl und gäbe ihm einen Tritt. Er hat seinen Vater noch nie so dringend gebraucht.
Mama sieht auf die Uhr. Sie stößt einen langen Seufzer aus, der alles mögliche bedeuten kann. „Und jetzt ab ins Bett. Sonst kommst du morgen wieder nicht aus den Federn.“

Im Wäschekorb im Badezimmer liegt, behäbig ausgebreitet, ein Pullover von Mario. Simon begräbt ihn unter seinem schmutzigen Jogginganzug. Er versucht, nicht auf den Rasierapparat zu achten, der schwarz und aufdringlich auf der Spiegelablage thront. Statt dessen fällt sein Blick auf Mamas und Marios Zahnbürsten, die im Zahnputzglas aneinanderlehnen wie zwei müde Tänzer. Er zieht Mamas Zahnbürste ein Stück von Marios weg. So daß beide Zahnbürsten sich nun gegenüberstehen wie Fremde in einem Fahrstuhl. Seine eigene stellt er nach dem Putzen nicht dazu. Er nimmt sie mit in sein Zimmer und versteckt sie unter dem Chaos auf seinem Schreibtisch.
Don liegt schon am Fußende von Simons Bett. Aber er ist heute nicht in Plauderstimmung. Vielleicht ist er beleidigt, weil er auf dem Balkon fressen mußte.

„Das ist doch nicht meine Schuld“, flüstert Simon. Er hat sein Kopfkissen nach unten geschoben, damit er so nah wie möglich bei Don sein kann.
Als Mama ihm einen Gutenachtkuß geben will, beugt sie sich über seine Füße. Erschrocken quiekt sie auf.
Rache ist süß, auch wenn sie nur unbedeutend und zufällig ist.
Simon will keinen Kuß. Heute nicht.
„Ihr habt das hinter meinem Rücken gemacht“, sagt er. „Alles. Daß Mario hier eingezogen ist, das mit dem Türschild und das mit der Werkstatt auch. Hinter meinem Rücken. Ohne mich zu fragen.“
„Manche Dinge“, sagt Mama, „können Kinder nicht entscheiden. Das müssen die Erwachsenen tun.“ Sie will sein Gesicht zu sich heranziehen. Simon macht sich steif.
Manchmal verpufft Mamas Zärtlichkeit wie nichts. In Sekundenschnelle. Man sieht es nicht kommen. Plötzlich ist sie einfach weg. Übrig bleibt etwas Eisigkaltes, Unsichtbares.
„Wenn du bockig sein willst ...“ Mama läßt das Ende des Satzes zwischen ihnen hängen wie eine vergessene Luftschlange. Sie steht auf und geht zur Tür, ihre Schritte so ungerührt, so federflockenleicht, daß man sie kaum hören kann.
„Läßt du das Licht im Flur an?“ fragt Simon ihren Rücken.
Sie sagt nicht ihr *Natürlich. Das weißt du doch.* Schon zum zweitenmal durchbricht sie das gewohnte Spiel.
Aus der Küche hört Simon sie lachen. Silberhell.

Mario unter der Dusche. Mario vorm Badezimmerspiegel. Bloßer Oberkörper, schwarzer Pelz auf der Brust, ein Badetuch um die Hüften geschlungen. Mario im Flur, im Wohn-

zimmer. Der erstickende Geruch nach seinem Rasierwasser überall.
Simon wünschte, sie hätten einen Schlüssel für die Badezimmertür. Wie soll man sich vorm Waschen drücken oder in Ruhe aufs Klo gehen, wenn jeden Moment Mario reinplatzen kann?
Mario in der Küche, gestriegelt und gebügelt. Er köpft sein Frühstücksei, ohne daß ihm das Eigelb am Becher runterläuft.
„Na? Ausgemotzt?“ fragt er. Hellwach. Zufrieden. Bereit für den Tag.
Bereit für alle Tage, die da kommen.
Simon kratzt das Eigelb vom Teller ab. Das Ei ist viel zu weich, das Weiße fast noch flüssig. Er hat überhaupt keinen Hunger.
„Muß ich unbedingt heute schon in die Schule?“ In seinem Hals kratzt es mörderisch, und er ist heiser, als hätte er stundenlang auf dem Fußballplatz herumgebrüllt.
Mama schmiert ihm das Pausenbrot. Goldreifen klimpern an ihren Ohrläppchen. „Fünf Stunden! Das ist doch ein Klacks. Und dann hast du das ganze Wochenende, um wieder richtig fit zu werden.“
Sie hat sich entschieden. Da kann Simon machen, was er will. Er wird nichts daran ändern können.
Schon im Mantel, wusselt sie Simon durchs Haar. Und dann küßt sie Mario, als würde ein böses Schicksal sie für Jahre auseinanderreißen, und der Kuß ist hungrig und durstig und heftig und wild und verschmiert ihren Lippenstift. Sie stülpt sich das Greta-Garbo-Käppchen aufs Haar und rauscht hinaus.

Bei der Ampel vorm Altersheim drückt Simon sich vor den Geschäften herum. Er ist früh genug. Elvira kann noch nicht vorbei sein.
Durchsichtige Spitzenwäsche im ersten Schaufenster. Sündhaft teure Schuhe, Stiefel und Taschen im zweiten. Geschenkartikel im dritten. Und im vierten wahre Wunderwerke von Computern.
Simon betrachtet die Dekorationen aus Tannenzweigen, künstlichem Schnee und dem Sternfunkellicht winziger elektrischer Kerzen. *Wir erfüllen Ihnen Ihre Wünsche*, verspricht eine Aufschrift auf dem Fenster des Computergeschäfts. Die Frau, die sich hinter der Scheibe bewegt, lächelt Simon freundlich zu. Vielleicht kann sie das tatsächlich, Wünsche erfüllen. Vielleicht müßte Simon nur reingehen und zu ihr sagen: „Ich wünsche mir einen Computer." Vielleicht würde sie mit diesem freundlichen Lächeln auf ein großes Paket zeigen und antworten: „Aber gern. Bitte. Nimm ihn nur mit."
Nein. Würde sie nicht. Sie würde sagen: „Zweitausenddreihundert Mark. Und noch mal sechshundert für den Drucker."
Wir erfüllen Ihnen Ihre Wünsche. Erstunken und erlogen! Weil da eine Kleinigkeit fehlt, etwas Wichtiges, das Entscheidende überhaupt: *Wenn Sie nicht knapp bei Kasse sind.* Das fehlt.
Simon wendet sich den Geschenkartikeln zu, pustet Wölkchen in die lausekalte Luft und dreht sich immer wieder nach Elvira um. Sie kommt nicht. Seine Zehen haben sich längst in Eiszapfen verwandelt. Es sind kaum noch Kinder auf der Straße, und sie ist immer noch nicht da.
Simon harrt aus bis kurz vor acht. Dann rennt er los.

Herr Dankwart scheint nicht mehr auf eine Entschuldigung zu warten. Er tut so, als wär nichts gewesen. In Sport läßt er sie heute Fußball spielen. Währenddessen sitzt er auf der Bank und kramt in Papieren. Ab und zu schreibt er etwas auf. Danach klemmt er sich den Stift hinters Ohr. Er bräuchte nur noch Ärmelschoner und eine Nickelbrille, und er würde aussehen wie ein Postbeamter in einem alten Western. Simon hat Schwierigkeiten, Luft zu kriegen. Und manchmal bremst ihn ein Hustenanfall. Trotzdem schießt er zwei Tore. Sein Hemd ist klatschnaß. Schweiß rinnt ihm über die Schläfen.

Das wäre eine Möglichkeit – ein berühmter Fußballstar zu werden. Er würde Millionen verdienen. Er könnte sich die schwärzesten Turnschuhe der Welt leisten, den edelsten Computer aller Zeiten und eine Burg in Schottland mit einem eigenen Saal für eine riesige Modellbahnanlage. Er nimmt Charly den Ball ab und stürmt nach vorn. Mario! Bauernhof! Sauerland! Und schießt voller Wut das dritte Tor.

Ding, dang, dong", hallt es streng und feierlich durch das Haus.

Von dem Mut, der Simon hergeführt hat, ist nichts mehr übrig, nicht mal ein kümmerlicher Rest. Am liebsten würde er sich schleunigst aus dem Staub machen, wenn hier welcher wäre. Zurück zu seinem Fahrrad, das rostig und verbeult an dem zierlichen weißen Zaun lehnt, der die winterliche Märchenlandschaft von Garten umschließt. Und dann nichts wie weg!

Doch da sieht er schon Bewegung hinter der bräunlichen Glasscheibe. Die Tür geht auf, langsam und geräuschlos, wie sich Türen in Träumen öffnen, und er steht Elviras Mutter gegenüber.

Daß sie Elviras Mutter ist, weiß er sofort. Sie sieht genau wie Elvira aus. Nur daß sie älter ist, natürlich, größer und nicht so lange Haare hat.

„Guten Tag?" Die von feinen Lachfältchen umgebenen Elviraaugen lächeln abwartend.

Simon räuspert sich und stößt die verräterisch nassen Hände tief in die löchrigen, sandigen Anoraktaschen. Er hatte sich genau überlegt, was er sagen wollte. Höflich sollte es sein

und ungefähr so, wie die Leute in der Lessingstraße miteinander reden. Wie Simon glaubt, daß sie reden.
Aber die zurechtgelegten Worte sind durcheinandergeraten. Wie die Teile eines Puzzles, wenn man aus Versehen mit dem Arm drübergewischt hat.
„Ist Elvira da?"
Das ist nur das Ende seiner ausgedachten kleinen Rede. Viel zu kurz. So kurz, daß es schroff und unfreundlich klingt und ganz und gar unmöglich.
Er wollte sich doch vorstellen, jetzt weiß er es wieder. Guten Tag, hatte er sagen wollen, das zuallererst, genau wie Elviras Mutter es getan hat. Und dann: Ich bin Simon. Elvira und ich gehen in eine Klasse. Sie war heute nicht in der Schule. Und da wollte ich fragen, ob sie krank ist. Oder so ähnlich.
Vorbei. Das kann er nicht mehr nachholen. Gesagt ist gesagt, vergessen ist vergessen. Und nun muß er auch noch husten! Steht zum erstenmal in seinem Leben vor Elviras Mutter und blafft sie an!
„Aber ja." Sie hält ihm die Tür weit auf. Ihr abwartendes Lächeln hat sich in ein freudiges Begrüßungslächeln verwandelt. „Sie ist oben. Ich bringe dich hin."
Simon folgt ihr stumm die weiße, glatte, spiegelnde Marmortreppe hinauf. An einer von mehreren weißen Türen klopft sie an. Sie klopft an! Mama käme nie auf die Idee, bei Simon anzuklopfen. Mama macht einfach die Tür auf und steht im Zimmer, plötzlich und unerwartet, ein Wolkenbruch in Menschengestalt.
„Herein!" Elviras Stimme klingt ein bißchen matt und ziemlich verschnupft, sogar durch das Holz hindurch.
Elviras Mutter schiebt die Tür auf. „Besuch für dich, Vira."

„Simon!“
Elvira sitzt im Bett, ein Buch auf den Knien. Ein flüchtiges Rot huscht über ihr blasses Gesicht.
„Ich laß euch dann mal allein“, sagt ihre Mutter und schließt leise die Tür hinter sich.
Simon sieht sich im Zimmer um. Alles ist weiß und rosa und blau. Blauer Teppichboden, weiße Möbel, rosa Vorhänge, rosa Bettzeug. Und überall Bilder, die Elvira in der Schule gemalt hat. Simon erkennt sie sofort. Schließlich mußte er das auch alles malen, Tiere im Zoo, ein Tag auf dem Markt, Herbstlaub, das Haus, in dem ich wohne. Zum Beispiel.
Aber diese Bilder sind nicht mit Reißzwecken angepinnt wie die beiden von Simon, die sich in der Küche im Winkel zwischen Schrank und Tür verstecken. Sie sind unter Glas verwahrt und haben richtige Rahmen.
Auf dem Schreibtisch dieselbe Unordnung wie auf Simons Schreibtisch.
Simon entspannt sich ein wenig, als er auf das vertraute Durcheinander von zerfledderten Büchern, bekritzelten Zetteln, angekauten Stiften und zusammengeknüllten Papierbällchen blickt, und ihm ist nicht mehr so nach Flüstern zumute.
Ein angebissener, braun verfärbter Apfel auf einem Tischchen, daneben eine schwarze Bananenschale, und zwischen Schrank und Bett wird es noch besser, denn da steht ein geräumiger Käfig auf dem Boden. Zwei Zwergkaninchen, eins schwarz, eins braun, starren Simon mümmelnd durch die Gitterstäbe an.
Das Stroh ist aufgewühlt, die Hälfte davon hat sich rings um den Käfig verteilt.

Hmmm, macht Don, der Verfressene, der Jäger, der nie zum Jagen kommt.
Simon beachtet ihn nicht.
„Max und Moritz", sagt Elvira. „Max ist der dickere. Moritz beißt."
Simon zieht den Finger, den er zwischen die Stäbe gesteckt hatte und der, aus Kaninchensicht, einer Möhre möglicherweise nicht unähnlich ist, rasch wieder zurück.
Elvira steht auf. Ihr Schlafanzug ist zerknittert. Das Haar hat sie zu einem wippenden Pferdeschwanz zusammengebunden. Die Haut unter ihrer Nase ist vom Schnupfen wund.
„Sollen wir was spielen?"
So ist sie. Kommt direkt zur Sache und redet nicht erst lange drum herum. Simon nickt. Fast fühlt er sich bei ihr schon zu Hause.
Sie geht zum Regal, in dem sich Spiele stapeln. „Such dir was aus."
Simon muß gar nicht erst suchen.
„Schach?" fragt er.
Opa hat es ihm beigebracht, vor Jahren schon. Doch niemand außer Opa spielt es. Und Opa ist viel zu selten da.
Schon nach ein paar Minuten ist das Feld wie leergefegt. Die Könige sind bloß noch von wenigen standhaften, dickschädligen Bauern umringt.
„Gibst du auf?" Schniefend guckt Elvira Simon an. Sie zieht das letzte Taschentuch aus der verknitterten Packung, reißt es in der Mitte durch und gibt Simon die Hälfte ab.
Simon schneuzt sich. Vorsichtig, weil wenig Platz ist in dem halben Taschentuch.
„Nee. Du?"

Elvira schüttelt den Kopf. „Im Leben nicht!"
Es ist schließlich ihre Mutter, die das Spiel beendet. Sie ruft zum Kaffeetrinken.

Allein das Wohnzimmer ist so groß wie Mamas und Simons ganze Wohnung zusammen. An den weißen Rauhputzwänden hängen Bilder mit bunten Flecken und ohne sonst was drauf.
Simons Füße versinken im Teppichflausch. Ihm fällt ein, daß seine Schuhe schmutzig sind. Aber wenn er sie jetzt auszieht, kann er ebensogut mit dem Finger darauf zeigen.
Der Eßtisch, zu dem Elvira ihn führt, ist aus schwarzem Stein. So was hat Simon bisher nur bei Möbel Justus gesehen, wo Mama und er manchmal nur so aus Spaß herumgestöbert haben. Ein Möbelhaus mit vier Stockwerken und einem gläsernen Fahrstuhl, der über einem Dschungel von exotischen Pflanzen geräuschlos auf und ab glitt.
Die Tassen, die Teller, Zuckerdose und Sahnetöpfchen haben keinen abgestoßenen Rand. Sie passen auch alle zueinander. Anders als bei Mama, wo die eine Tasse gelb, die andere rot, die eine geblümt und die andere gestreift ist.
Es hängt keine Lampe an der Decke, nicht mal über dem Tisch. Es gibt nur Stehlampen, die mit langen, dünnen Silberarmen ins Zimmer greifen.
Die Bücherregale sind bis unter die Decke gefüllt. In einer Ecke steht ein Kaminofen, in dem hinter einer Glastür ein Feuer flackert, und vor der Fensterfront prunkt ein aufgeklapptes schwarzes Klavier.
Dahinter liegt der Garten in Winterstarre, in seiner Mitte ein großer, stiller, schlafender Teich.

Eigentlich mag Simon Früchtebrot nicht. Trotzdem nimmt er ein Stück. Er sitzt kerzengerade und versucht, so wenig wie möglich zu krümeln. Mama hätte ihre Freude daran.
„Du bist auch krank gewesen?“ beginnt Elviras Mutter das Gespräch.
Die ersten Worte sind immer die schwierigsten. Simon ist froh, daß sie ausgesprochen sind.
„Ja. Ich bin in der Schule zusammengeklappt.“
Zusammengeklappt? Bestimmt sagt man das hier nicht. Höchstens, wenn man von einem Regenschirm spricht. Oder einem Fächer, wie ihn sich die Operettendamen vor das Gesicht halten, wenn sie plötzlich dem Mann ihrer Träume gegenüberstehen oder ihn für immer verlieren. Zusammengebrochen vielleicht? Umgekippt? Oder hätte er es am besten überhaupt nicht erwähnt?
„Du bist immer noch ziemlich blaß“, sagt Elviras Mutter. „Bist du denn schon wieder ganz gesund?“
„Meine Mutter will nicht, daß ich zu lange fehle.“ Simon rückt unbehaglich auf dem Stuhl hin und her. Die Rückenlehne ist so schmal, daß man sich leicht danebenlehnen kann. „Ich bin nämlich ... na ja, nicht besonders gut in der Schule.“
„Aber in Sport ist er der Beste.“ Elvira sagt es trotzig. Als wollte sie Simon vor ihrer Mutter, den Lampen, dem Klavier und der ganzen Welt verteidigen. In dem Trotz schwingt aber noch etwas anderes mit. Stolz. Elvira ist stolz auf ihn!
Verlegen greift Simon nach dem Kakaoglas – und stößt es um.
Sanft und rund und unaufhaltsam kriecht die hellbraune Brühe über den schwarzen Stein.
Entsetzt starrt Simon auf das, was er da angerichtet hat.

„Halb so wild", sagt Elvira gelassen. „Passiert mir jeden Tag hundertmal. Was meinst du, warum wir dieses Monster von Tisch haben?"
Keine Ahnung.
„Weil er alles verträgt. Sogar umgekippten Spinat."
Elviras Mutter lacht.
Elvira geht in die Küche, kommt mit einem Tuch zurück und wischt die Lache kurzerhand auf.

Mama zieht sich gerade um, als Simon nach Hause kommt. Sie nimmt das schwarze Flatterkleid mit den langen Schlitzen und den Fledermausärmeln vom Bügel.
„Wir hatten sechs Uhr abgemacht, und jetzt ist es nach sieben."
„Ich war bei Elvira", sagt Simon.
Mama streift sich das Kleid über den Kopf. „Ist mir scheißegal, wo du gewesen bist! Wenn ich sage sechs Uhr, dann meine ich sechs Uhr und nicht halb sieben oder sieben, klar?"
„Jaaa." Simon fühlt sich zu wohl, um mit Mama zu streiten.
„Hast du Hunger?"
Sie schlüpft in die hochhackigen Schuhe, angelt gleichzeitig schwankend nach den Armreifen auf der Kommode und schiebt sechs oder sieben davon über das Handgelenk. Ihre Fingernägel sind schwarz lackiert.
„Nö. Ich hab bei Elvira gegessen."
„Na toll. Und dafür stehe ich stundenlang am Herd und koche."
Als hätte sie je stundenlang am Herd gestanden. Simon läßt sich auf das Sofa fallen.

„Ihr wollt weg?"
Sie beugt sich vor, den Kopf nach unten, um ihr Haar auszubürsten, das beinah den Boden berührt und elektrisch knistert.
„Eine Fete", murmelt sie. „Bei Marios Bruder."
Simon wußte nicht, daß Mario einen Bruder hat. Er hat sich überhaupt noch nicht vorgestellt, daß Mario ja auch, wie jeder Mensch, aus einer Familie kommen muß. Mario wirkt einfach wie einer, der dem Sonnenstudio entsprungen ist, knusprig braun und künstlich, wie die Männer auf den Werbeplakaten.
Erst jetzt bemerkt er, daß Mario ihnen die ganze Zeit von der Tür aus zugehört hat.
„Und wie geht's deiner kleinen Freundin?"
An der Frage wäre, bis auf das *klein,* nichts auszusetzen, wenn Mario dabei nicht so grinsen würde. Simon hat das Gefühl, Elvira vor diesem Grinsen schützen zu müssen. Am besten gar nicht darauf antworten. So tun, als wär Mario Luft. An ihm vorbei und raus.
Aber Mario versperrt ihm den Weg.
„Ich hab dich was gefragt." Sein Blick ist fern und verschwommen. Sein Atem riecht nach saurem Wein. Simon dreht den Kopf zur Seite.
„Bist du taub oder was?" Marios Hand umklammert wie ein Schraubstock Simons Kinn und hebt es an.
„Laß ihn", sagt Mama. „Wir sind spät dran."
Mario dreht sich zu ihr um, und Simon nutzt die Gelegenheit, um sich von ihm loszumachen und zu verschwinden.
In seinem Zimmer schiebt er die Rondo-Veneziano-Kassette in den Recorder. Heute ist Freitag. Da darf er länger aufblei-

ben als sonst. In zähen Verhandlungen hat er bei Mama halb zehn durchgesetzt.
Er sieht sich nach Don um. Seltsam, daß er nicht da ist.
Simon geht ins Bad, in die Küche und dann ins Wohnzimmer zurück.
„Suchst du was?“ fragt Mama ungnädig. Das Auftragen von Lidschatten ist eine komplizierte Angelegenheit. Sie wird nicht gern dabei gestört.
„Ja. Don.“ Simon guckt unters Sofa.
„Himmel!“ Mama faßt sich an die Stirn. „Der muß noch auf dem Balkon sein. Ich hab ihn gefüttert und vergessen, ihn wieder reinzulassen.“
Wie der Wind saust Simon zur Balkontür. Don hockt in einer windgeschützten Ecke. Er hat sich dick und rund

gemacht gegen die Kälte. Simon hebt ihn auf, trägt ihn zum Bett und schiebt die Decke um ihn zusammen.
Wenig später kommt Mama zu ihm ins Zimmer. Geliges Haar, klirrende Armreifen und schwarz von Kopf bis Fuß. Eine Zauberin der Nacht, eingehüllt in eine Wolke von Parfüm, das aber nicht nur ein Parfüm ist, sondern vielleicht auch ein Hexenduft.
Und wenn ein Spritzer davon ausreichen würde, um Mario in einen Hamster zu verwandeln? Und Don würde diesen kleinen, kugelbäuchigen Hamster entdecken, genüßlich die Krallen ausfahren und ...
„Du weißt ja: Wenn was ist, gehst du zu Ulli rüber, ja?"
Ein halbherziger Kuß, und Simon ist mit Don allein.

Oma und Opa kommen nicht zum Geburtstagskaffee, wie sie das sonst immer tun. Sie kommen zum Geburts-tagsfrühstück, denn am Abend fährt Opa schon wieder los. Diesmal nach Frankreich.
Mama hat einen Marmorkuchen aus Fertigmischung gebacken, und Mario hat sich aufgerafft, Brötchen und süße Hörnchen zu besorgen.
Die Blumenschale, die Oma und Opa mitgebracht haben, steht auf dem Tisch, der zur Feier des Tages mit der guten Leinendecke geschmückt ist. Sie ist aus Porzellan und mit weißen Alpenveilchen, roten und rosafarbenen Azaleen und Tannengrün bepflanzt. Am Rand stecken einige goldbesprühte, weihnachtliche Stechpalmenzweige.
Opa sitzt mit Mario im Wohnzimmer. Sie reden. Simon hat im Vorbeigehen die Worte *Heirat, übereilt* und *unverantwortlich* aufgeschnappt, und eine wilde Hoffnung ist in ihm hochgeschwappt. Vielleicht verbietet Opa Mario ja, Mama zu heiraten. Er ist immerhin Mamas Vater. Väter dürfen das. Oder doch nicht? Simon hat keine Erfahrung damit. Er weiß nicht, wo die Macht von Vätern anfängt und wo sie endet.
In der Küche faltet Oma Servietten zu Blüten. Das hat sie ge-

lernt, als sie noch Kellnerin in einem Lokal war. Sie mußte den Beruf aufgeben, weil ihre Beine das viele Laufen und Stehen nicht mehr aushielten. Wie Linien auf einer Landkarte ziehen sich blaue, knotige Krampfadern über ihre Kniekehlen und Waden.

Mama schneidet den Kuchen an. „Finger weg", sagt sie zu Simon. Dabei hat er noch nicht mal die Hand ausgestreckt.

Dann sitzen sie alle zusammen um den Küchentisch. Mario zupft seine Serviettenblüte auseinander und will nach einem Hörnchen greifen. Aber zuerst müssen doch die Geschenke verteilt werden.

Daß er das nicht weiß, hat ihn für einen Moment wieder zu dem gemacht, was er ist, einem Eindringling. Er merkt es daran, daß alle ihn ansehen. Dreht die Serviette verlegen zwischen den Fingern, faltet sie zusammen und legt sie linkisch neben seinem Teller ab.

Von Oma und Opa bekommt Mama einen Briefumschlag mit Geld. Das hatte sie sich gewünscht. Sie will sich dafür Winterstiefel kaufen. An den alten löst sich vorn schon die Sohle. Als hätten sie an der Spitze ein kleines, klaffendes Maul.

Mario schenkt Mama eine Armbanduhr mit einem gläsernen Gehäuse. Man kann die winzigen Zahnräder erkennen und jedes einzelne Schräubchen. Entzückt hält Mama die Uhr ans Ohr und lauscht.

„Sie tickt", sagt sie, als wäre das ein Wunder, von Mario vollbracht.

Simon schiebt ihr sein Geschenk über den Tisch. Er hat die Rosenseife in ein Blatt Papier eingerollt, auf das er Schottland gemalt hat.

Zuerst guckt Mama sich das Bild an.
„Schottland, Schottland, Schottland“, sagt sie und seufzt. Als würde Simon ununterbrochen Schottlandkarten herstellen. Als würde er sie ausspucken wie ein Automat. Dabei ist das sein erster Versuch. Und er hat drei Stunden dafür gebraucht. Weil er die Umrisse nicht gepaust, sondern frei aus dem Reiseführer von Oma abgezeichnet hat. Er wartet darauf, daß sie jetzt Rosenseife, Rosenseife, Rosenseife sagt. Doch das tut sie nicht. Sie nimmt die Seife in die Hand, schnuppert daran, fährt ein paarmal prüfend mit dem Daumen darüber. Und dann sieht sie Simon in die Augen.
„Das ist eine sehr teure Seife, Simon. Woher hattest du das Geld dafür?“
Simon erschrickt. Sie weiß, daß er kein Geld mehr gehabt hat. Daß er alles für die Rondo-Veneziano-Kassette ausgegeben hat. Er ist ein Idiot. Er hätte daran denken müssen.
„Simon! Ich hab dich was gefragt.“
Hilfesuchend schaut Simon zu Opa.
„Ich habe ihm ausgeholfen“, sagt Opa ruhig und ohne den Blick von Simon abzuwenden.
Da setzt sich endlich ein Lächeln auf Mamas Gesicht. Sie nimmt Simon in die Arme, danach Mario, dann Oma und Opa.
„Es gibt übrigens spannende Neuigkeiten“, sagt sie. Und dann erzählt sie von ihren und Marios Plänen mit der Werkstatt im Sauerland.

„Komm“, sagt Opa nach dem Frühstück zu Simon. „Wir machen einen Spaziergang. Und danach spielen wir eine Partie Schach.“

Draußen fallen ein paar unentschlossene Schneeflocken aus dem trüben Himmel. Die kahlen Bäume um den Spielplatz sind grau vor Müdigkeit. Es war ein langer, trockener Sommer. Sie haben die Blätter sehr früh verloren. Auf dem Zaun liegt wie welker Klatschmohn eine vergessene rote Kindermütze.

Die Balkonkästen sind mit Tannenzweigen und Lichterketten geschmückt. Leuchtsterne blinken rotgrüngelb und gelbgrünrot in den Fenstern. Morgen ist der erste Advent.

Ab jetzt werden sie sich jeden Montag vorm Unterricht um den riesigen Adventskranz in der Eingangshalle der Schule versammeln und im unruhigen Schein der fleischigen roten Kerzen Adventslieder singen. Es wird kein Weg daran vorbeiführen, daß Simon wieder vorsingen muß. Und Frau Kleiber wird wieder ihr Taschentuch hervorziehen und sich verstohlen die Augen wischen.

Advent, Advent, ein Lichtlein brennt. Erst eins, dann zwei, dann drei, dann vier. Und wenn das fünfte Lichtlein brennt, dann hast du Weihnachten verpennt.

Sie werden das auf dem Weg in die Klasse aufsagen, tuschelnd und mit einem nur heimlichen Kichern. Weil Herr Dankwart wenig Sinn hat für Scherze, die nicht von ihm selbst kommen. In solchen Dingen und überhaupt.

„Opa?"

„Hmh?"

„Wann kommt man eigentlich in den Stimmbruch?"

Opa kratzt sich am Kopf. Es hört sich an wie bei Don.

„So mit dreizehn, vierzehn, schätze ich."

Das ist zu spät. Darauf kann Simon nicht warten. Er braucht den Stimmbruch bis Montag.

Aber immerhin ist er erkältet, und seine Stimme ist tiefer als sonst. Er muß das Frau Kleiber unbedingt vorher sagen. Erkältete Stimmen treffen die hohen Töne nicht. Das wird sie einsehen.
Er würde jetzt gern die Hand in Opas Hand schieben. Aber vielleicht ist Opa noch sauer wegen der Rosenseife.
Opa klappt den Kragen seiner Steppjacke hoch. Seine Nase hat sich in eine Brombeere verwandelt. „Ich möchte etwas mit dir besprechen."
Simon zieht den Kopf ein. Es mußte ja kommen, das Donnerwetter.
„Im Sommer wollen Oma und ich einen schönen, langen Urlaub machen."
Simons Kopf wagt sich wieder zwischen den Schultern hervor. Aber wieso bespricht Opa seinen Urlaub mit ihm?
„Wir würden dich gern mitnehmen", sagt Opa. „Hättest du Lust dazu?"
Ob er ...
„Wir sind noch nie in Urlaub gefahren", sagt Opa. „Nicht richtig jedenfalls, nicht weit weg. Höchstens mal in den Schwarzwald, und das auch nur für ein paar Tage. Oma wollte nie. Sie ist ein Nesthocker, du kennst sie ja. Aber diesmal habe ich sie zu einer richtigen Reise überredet, und dafür können wir einen Fachmann wie dich gut brauchen."
Simon ein Fachmann? Ausgerechnet für eine Reise? Wo er nie eine gemacht hat?
„Ich versteh nichts von Urlaub und Reisen und so", sagt er. Auch wenn Opa sein Angebot jetzt zurückzieht. Er kann ihm doch nichts vorspielen.
Opa bleibt stehen und sieht ihn überrascht an. „Du willst

mir allen Ernstes erzählen, daß du nichts von Schottland verstehst?"
Von ... von Schottland!
Der Adler hat die Schwingen noch gar nicht richtig ausgebreitet, da hängt Simon schon an seinem Hals.
„Ich kann zwar nur ein paar Brocken Englisch", quetscht Opa hervor, weil Simon ihm die Luft abdrückt, „nur das, was ich im Laufe der Jahre auf meinen Fahrten so aufgeschnappt habe, aber bis zum Sommer ist es ja noch lange hin."

Auf dem Rückweg entwirft Simon Reiserouten. Die Namen hat er alle im Kopf.
„Und natürlich Loch Ness", sagt er.
„Natürlich."
„Mindestens vier Tage."
„Mindestens."
Simon faßt nach Opas Hand. Sie ist rauh und voller Schwielen.
Schweigend gehen sie an den Häusern entlang, während die Schneeflocken um sie her dichter werden, runder, weißer. Simon macht lange Schritte. Damit sie zu Opas Schritten passen.
„Die Seife", sagt er, als er den Schlüssel ins Haustürschloß steckt, „die hab ich geklaut."
„Ich weiß."
„Ich kann damit aufhören, Sachen zu klauen."
„Das wär nicht schlecht, bester aller Enkel."

Der Ort ist wirklich ziemlich klein. Er liegt in einem Tal, von welligem Hügelland umschlossen. Aus den Schornsteinen auf den Schieferhäusern steigt Rauch auf. Es gibt nur eine einzige breite, gerade Straße. Die anderen Straßen sind schmal und kurvig. Sie führen die Hügel hinauf. Alles hält still unter einer dicken Decke aus Schnee.
„Mistwetter!“ flucht Mario.
Er haßt es, langsam zu fahren. Aber die steilen Sträßchen, und erst recht die Wege, sind nicht geräumt, und mehrmals ist ihm der Wagen schon hinten weggerutscht.
„Im Sauerland liegt jeden Winter Schnee“, sagt Mama zu Simon nach hinten. „Die Leute kommen hierher, um Urlaub zu machen. Du könntest Skifahren lernen.“
Sie sagt das so, wie sie einem Hund einen verlockenden Knochen vor die Nase halten würde.
Wenn bei ihnen in der Stadt nämlich überhaupt mal Schnee fällt, verwandelt er sich sofort in glasigen Matsch. Hier ist er weiß wie ein gebleichtes Laken.
Mario bremst. Er fängt den ausbrechenden Wagen gerade noch rechtzeitig ab. Fast wäre er gegen den schiefen Zaun geprallt, der etwas einfaßt, das eine Wiese, eine Weide oder

auch ein Feld sein kann. Sie stehen am Ende des Wegs. Es geht nirgendwo weiter, nicht rechts, nicht links, nicht geradeaus.

„Verfahren“, stellt Mama fest.

„Das weiß ich auch!“

Die Stimmung zwischen Mama und Mario ist heute nicht gut. Sie haben sich schon beim Frühstück gestritten.

Das muß immer noch mit Omas und Opas Besuch zu tun haben. Mit dem ganzen verpatzten Geburtstag, von dem Mama behauptet, Oma und Opa hätten ihn ihr aus reinem Spaß an der Freude verdorben. Simon wurde von Mama in sein Zimmer geschickt. Aber er konnte ihre Stimme trotzdem gut hören, weil er gar nicht in sein Zimmer gegangen war, sondern vom Flur aus lauschte. „Ich bin achtundzwanzig!“ hatte Mama ausgerufen. „Ich hab keine Lust, zwischen Kochtöpfen und Wäscheleinen zu versauern!“

Dann hatte Simon Opas Stimme gehört. Aber Opa hatte zu leise gesprochen.

„Hör endlich auf mit deinen Vorwürfen!“ Das war wieder Mama gewesen. „Simons Erziehung geht euch gar nichts an!“

Da war auch Opa laut geworden. „Aber Simon geht mich etwas an! Er geht mich verdammt viel an!“

Simon war rasch in sein Zimmer geschlüpft, als er einen Stuhl rücken hörte. Gerade rechtzeitig, denn schon war Opa gekommen, das Schachbrett unterm Arm, das Gesicht verschlossen. Sie hatten ein Spiel gemacht, danach ein zweites, und Opas Gesicht war wieder offen und weich geworden.

Am Abend dann hatten Mama und Mario sich in die Haare gekriegt. Für länger. Nicht nur für ein kurzes Wortgefecht.

Mama vertieft sich in die Straßenskizze. Mario reißt sie ihr aus der Hand.
„Das mach ich lieber selbst. Dann kommen wir auch an."
„Fragt sich nur, wo", sagt Mama giftig, lehnt sich zurück und sieht aus dem Fenster.
Sie wird jetzt nichts mehr sagen. Bis Mario das Zauberwort findet. Das ist immer so, wenn Mama sich geärgert hat.
Das Zauberwort ist schwer zu finden. Es ist jedesmal ein anderes. Im Augenblick denkt Mario überhaupt nicht daran, nach dem Zauberwort zu suchen. Er knallt die Skizze auf die Ablage und wendet. Sie schlittern den Weg wieder hinunter. Von massenhaft Schulen kann nicht die Rede sein. Simon sieht keine einzige. Nur diese Schieferhäuser und Bauernhöfe mit dampfenden Misthaufen davor. Lediglich Hunde scheint es hier in Massen zu geben. Sie laufen frei herum und kläffen wütend den Wagen an.
Auch der zweite Versuch endet vor einem Feldzaun.
Mama verschränkt befriedigt die Arme vor der Brust. Sie schweigt, aber ihr Schweigen sagt mehr als genug.
Mario schnaubt wie ein Stier, den man in die Enge getrieben hat. Er beugt sich wieder über die Skizze. Sein Nacken ist rot vor Ärger.
Bei einer grauen, unscheinbaren Kirche müssen sie anhalten. Eine Beerdigungsprozession überquert den Weg, um zu dem kleinen Friedhof auf der anderen Seite zu gelangen. Alle sind schwarz angezogen. Vier Männer tragen den Sarg. Ihre Hände stecken in weißen Handschuhen.
„Na", sagt Mario bitter. „Wenn das kein Glück bringt."
Massenhaft Tote und Beerdigungen gibt's hier bestimmt auch, denkt Simon.

Der Bauernhof ist klein und schief und duckt sich unter der schweren Haube aus Schnee. Die Fensterscheiben sind blind von Schmutz. Unterm Dach klebt ein Schwalbennest.
Ein paar rostige Tonnen stehen auf dem Hof. Zwei sind umgekippt und halb unter einer Schneewehe begraben. In der offenen Scheune vergammelt ein uralter Traktor.
Mario steigt aus, schlüpft in die Jacke und sieht sich um. Dann steckt er den Kopf in den Wagen. „Was ist? Braucht ihr eine schriftliche Einladung?"
Mama und Simon steigen ebenfalls aus und ziehen sich an.
„Und wo ist dein Freund?" fragt Mama gedehnt. Als wär ihr von Anfang an klar gewesen, daß Freunde von Mario sich nur verspäten können, wenn sie überhaupt auftauchen.
In diesem Moment kommt ein VW-Bus den Weg heraufgehechelt. Er fährt mit röhrendem Auspuff auf den Hof und hält neben den zugeschneiten Resten des Misthaufens.
Ein Mann steigt aus, Stiefel, braune Felljacke, grüne Pudelmütze, Dreitagebart.
„Wulle", sagt Mario und schlägt ihm auf die Schulter. „Alter Krieger!"
Wulle boxt ihn spielerisch in den Bauch und tänzelt mit erhobenen Fäusten um ihn herum. Mario erwischt ihn am Kinn. Röchelnd sinkt Wulle auf die Knie.
„Hallo", sagt Mama. „Ich bin auch noch da."
Wulle springt lachend auf, umarmt sie und tätschelt ihren Rücken. Für Simons Geschmack ein bißchen zu lange.
Dann sieht er Simon an. „Hej, Simon." Als würde er ihn schon ewig kennen.
Er zieht einen rasselnden Schlüsselbund aus der Jackentasche und schließt die schäbige, verkratzte Tür auf.

Der Gestank ist fürchterlich. Simon hat so was noch nie gerochen. Vielleicht liegen überall tote Ratten herum. Das wäre eine Erklärung.
Wulle nimmt die verfilzte Mütze ab und stopft sie in die Tasche. Er hat fast schon eine Glatze. Die paar übriggebliebenen Haare hängen ihm dünn und fettig auf die Schultern. An seinem linken Ohrläppchen blinkt ein Ohrring. Er reißt ein klappriges Fenster auf. Schneeluft flutet herein.
Tote Ratten liegen nicht herum, aber schmutzige Wäsche, alte Zeitungen, leere Flaschen und Dosen, und auf den Fensterbänken wimmelt es von eingegangenen Fliegen.
Auf dem Tisch in der Küche verschimmeln Essensreste. Verkrustetes Geschirr stapelt sich in der Spüle. Selbst das Licht, das unter einem klebrigen, rissigen, vergilbten Lampenschirm hervordringt, wirkt schmuddelig.
„Steht schon 'ne Weile leer", sagt Wulle. „Mein Alter war ein komischer Kauz. Er hat keinen reingelassen, zum Schluß nicht mal mehr mich. Hat hier gehaust wie ein Ferkel."
Die Wohnstube, die Schlafstube, ein schmales Badezimmer mit gesprungenen Fensterscheiben, einer verdreckten Wanne und einem Waschbecken, in dem ein verschrumpelter Kohlkopf auf einer steifen schwarzen Socke liegt. Bräunliche Rosentapeten, die sich an manchen Stellen von den Wänden gelöst haben. Fleckiges, zerschlissenes Bettzeug, mit Federn übersät, traurige Reste einer Katzenmahlzeit. Abgeschabte Polster. Mottenzerfressene Gardinen. Wenige, längst verdorrte Zimmerpflanzen.
An einer Wand in der Wohnstube eine gerahmte Fotografie: Ein Mann, eine Frau und ein kleiner, pausbäckiger Junge mit Schmutzstreifen im Gesicht.

Oben noch mal drei Räume, mit Gerümpel vollgestellt, von Spinnweben verhangen. Darüber ein Speicher, aber den schauen sie sich gar nicht erst an.

„Prächtig“, sagt Mario und reibt sich die Hände.

„Kann's zumindest werden“, sagt Wulle.

„O Gott“, sagt Mama.

Wulle lacht, als hätte sie einen tollen Witz gemacht. Hintereinander steigen sie die enge, steile, knarrende Stiege wieder hinunter.

In der Küche kramt Wulle in einem Karton und zieht ein Glas Pulverkaffee heraus.

„Meine Vorräte“, sagt er zu Mama. „Erst gestern gekauft. Garantiert madenfrei.“

Mama schüttelt sich. Dann krempelt sie die Ärmel hoch und schafft Platz auf dem Kühlschrank, um die Spüle freizuräumen. Angewidert zieht sie vier Tassen unter Schüsseln und Töpfen hervor.

Aus dem Hahn kommt kein Wasser.

„Moment.“ Wulle verschwindet im Dämmerlicht des Flurs.

Ein ohrenbetäubendes Kreischen, und ein mickriger, brauner Strahl rinnt in die Spüle.

„Mußt du ein bißchen laufen lassen“, sagt Wulle, als er wieder da ist. „Das hier ist nicht das Hilton.“

Mama wartet, bis das Wasser sich geklärt hat, dann spült sie die Tassen gründlich aus.

Wulle will Wasser aufsetzen. Mama nimmt ihm den Topf ab und spült ihn auch. Erst danach füllt sie ihn mit Wasser und stellt ihn auf den Herd.

Mario stopft die ganzen Sachen, die auf dem Tisch liegen, in eine Tüte und putzt die Tischplatte notdürftig ab. Sie ist

übersät mit hart gewordenen Klumpen von irgendwas Unaussprechlichem.
Wulle zaubert ein knisterndes Päckchen mit Dominosteinen aus dem Karton hervor, reißt es auf und legt es auf den Tisch. Sie fangen an, Pläne zu schmieden. Die Jacken ziehen sie dabei nicht aus. Es ist hier drinnen fast so kalt wie draußen.

In der Scheune sind noch Heuballen. Aber sie haben ihren Duft verloren, wie Äpfel, die man zu lange aufbewahrt hat. Simon klettert auf den Traktor. Der Bezug der Sitze ist aufgeplatzt, die gelbliche Füllung herausgequollen und zerfetzt. Alles, sogar das Lenkrad ist verschmiert von weißem Taubendreck.
Der Garten ist bestimmt einmal schön gewesen. Aber jetzt sieht er vernachlässigt aus. Über den Schnee führen kreuz und quer Vogelspuren. Auf dem verfallenen Mäuerchen, das den Garten einfaßt, stehen Kübel mit toten Pflanzenstrünken, zu Eisblumen verzaubert.
Simon sieht auf die weißen Felder, die von Zäunen zerschnitten sind. Er könnte sich ein Leben hier vorstellen, nachdem das Haus wieder hergerichtet wäre. Aber nicht mit Mario. Und auch nicht mit Wulle, obwohl der ganz nett zu sein scheint.
Mit Mama. Mit Oma und Opa. Elvira in einem der Nachbarhöfe. Und Charly und Felix und Bob und ... Und wenn das Ganze dann noch in Schottland wäre ...
Opa würde nicht mehr auf Tour gehen, sondern einen neuen, glänzenden Traktor über die Felder lenken. Vielleicht würde er Simon das Fahren beibringen. Alle Bauernjungen können das, Traktorfahren.

Er streift umher, bis Mama, Mario und Wulle aus dem Haus kommen.
„Also abgemacht?" fragt Wulle und streckt die Hand aus.
„Abgemacht!" Mario schlägt ein. Auch Mama greift nach Wulles Hand.
Wulle schließt die Tür ab und guckt nach oben. „Sieht nach noch mehr Schnee aus", sagt er bekümmert und zieht sich die Mütze über den Kopf. „Ciao, Simon!" Er setzt sich in seinen Bus und rattert los.
Mario startet den Motor ein paar Minuten später.
„Mein eigener Herr", sagt er und sieht noch einmal zum Haus zurück.
Mama dreht sich zu Simon um. „Und wie hat es dir gefallen?"
Mario legt ihr die Hand aufs Knie. Das ist seine Art, einen Streit mit ihr zu beenden.

Moppel!“ Diesmal schert Oma sich einen Dreck um Mamas Gewitterblick. Sie freut sich viel zu sehr. So sehr, daß sie nur Augen für Simon hat und ganz vergißt, Mama und Mario zu begrüßen.

„Sie weiß genau, wie gräßlich ich dieses *Moppel* finde“, zischt Mama.

Mario scheint den Namen noch abscheulicher zu finden. Er rümpft die frisch gebräunte Nase, als sei er in einen Hundehaufen getreten.

Oma nimmt die Koffer und trägt sie zum Mehrzweckzimmer.

„Komm her“, sagt sie zu Simon, und Freude tanzt in ihrer Stimme. „Guck es dir an.“

Simon setzt den Katzenkorb ab.

Der Schrank ist sommerhimmelblau gestrichen. Ein honiggelber Teppich liegt auf dem Boden, und links stehen neue Regale aus Kiefernholz. Über dem Schlafsofa hängt ein großes Poster, auf dem, unter einem zerklüfteten Wolkengebirge, das schottische Hochland zu sehen ist. Der Rest der Wände ist frei.

„Da kannst du hinhängen, was dir gefällt“, sagt Oma. „Und

wenn dich der Tisch mit den Stühlen stört, stellen wir ihn auf den Speicher. Aber ich hab mir gedacht, du kannst deine Schulaufgaben daran machen."
„Es ist doch nur für ein paar Wochen", mäkelt Mama, die hinter ihnen in der Tür steht. „Findest du nicht, daß ihr übertreibt, du und Vater?" Sie denkt an das Geld, das Oma und Opa dafür ausgegeben haben. Sie und Mario hätten es gut brauchen können.
„Er soll ein richtiges Zimmer haben." Oma legt Simon den Arm um die Schultern und drückt ihn an sich. „Er soll nicht in einem Gäste-Bügel-Näh-und-sonstwas-Zimmer schlafen müssen."
Simon geht ans Fenster. Die kleine Kapelle leuchtet wie ein Versprechen im blassen Licht der Dezembersonne.
Läßt du mich jetzt endlich raus?
O Gott. Fast hätte Simon Don vergessen. Er öffnet das Türchen des Katzenkorbs. Langsam, Zentimeter für Zentimeter, kommt Don heraus. Vorsichtig mißt er den Raum ab, langgestreckt, sämtliche Muskeln gespannt, bereit, sich beim ersten Anzeichen von Gefahr wieder in den Korb zu flüchten. Im Korb ist Sicherheit. Im Korb ist sein Geruch.
Mama stellt das Katzenklo ins Bad und scharrt mit dem Finger in der Streu, damit Don hört, wo es ist. Dann geht sie mit Mario zum Wagen, um den Rest von Simons Sachen zu holen.
„Hier kannst du sogar nach draußen", sagt Simon zu Don. „Du kannst Mäuse jagen und dich mit andern Katern zu Mondscheinpartys treffen."
Er bückt sich, um ihn zu streicheln. Doch Don knurrt tief in der Kehle. Er muß zuerst die Wohnung untersuchen.

Gründlich. Stück für Stück. Sich die Gerüche einprägen, wissen, wo die Möbel stehen.
„Ich fürchte", flüstert Oma, als Don im Flur verschwunden ist, „ich habe ein wenig Angst vor ihm."
„Brauchst du nicht", sagt Simon. „Er schlägt nur. Gebissen hat er noch nie."
„Na. Das ist ja beruhigend." Oma geht zur Tür. „Ich mache uns jetzt rasch einen Tee, und dann packen wir gleich aus, ja? Damit es nicht so nach Besuch aussieht."

Beim Tee erzählt Mama von ihren Umbauplänen.
Don hat seine Erkundungstour abgeschlossen. Oma stellt ihm ein Schälchen mit Katzenfutter hin.
Angeekelt wendet Mario den Blick ab.
Das ist jetzt erst mal vorbei, daß Don auf dem Balkon fressen muß. Vorbei für eine wunderbare, unbestimmte, hoffentlich lange Zeit.
Nach dem Fressen putzt Don sich ausgiebig und streckt sich dann gähnend auf den warmen Fliesen vor der Heizung aus.
„Wir ziehen nach oben", sagt Mama. „Wulle nimmt die untere Wohnung, wo auch das Büro eingerichtet wird."
„Wulle?" Oma zieht die Augenbrauen hoch. „Heißt er wirklich Wulle?"
Fragend sieht Mama zu Mario.
„Jeder nennt ihn so. Ich glaub nicht, daß irgend jemand weiß, wie er richtig heißt." Mario grinst betreten. Vielleicht fällt ihm gerade ein, daß er selbst ja auch mit einem gestohlenen Namen rumläuft, wie ein Scheckbetrüger.
„Wir bauen ein Badezimmer und eine Küche ein", schwärmt Mama „Eine von diesen modernen dreieckigen Wannen,

und die Küche ganz in Weiß. Mario und Wulle kennen massenhaft Leute, die uns dabei helfen. Und massenhaft Leute mit Beziehungen. Dadurch kriegen wir alles billiger."
Sie zieht sich Marios Gewohnheiten an wie fremde Kleider. Sie riecht nicht nur längst wie er, allmählich spricht sie auch so. Ob sie sich irgendwann eine Leopardendame auf den Oberarm tätowieren läßt?
„Ich weiß nicht." Oma wiegt den Kopf hin und her. „Du hättest nicht kündigen sollen. Es ist doch gar nicht sicher, ob ihr von der Werkstatt leben könnt."
„O doch." Mario schenkt Oma sein breites Zahnpastalächeln. „Diese Werkstatt wird 'ne echte Goldgrube. Die nächste ist zwanzig Kilometer entfernt."
Mama hat ihren restlichen Jahresurlaub genommen. Mario auch. Morgen wollen sie ins Sauerland fahren. Und bis Weihnachten bleiben. Und danach soll es weitergehen.
Zuerst werden sie unten wohnen. Wenn im ersten Stock alles fertig ist, werden sie nach oben ziehen und unten renovieren.
„Und dann kommt Simon nach", sagt Mama. Sie fährt Simon mit gespreizten Fingern durchs Haar. „Es wird dir gefallen, Schätzchen."
„Ich will aber in meiner Schule bleiben."
„Du wiederholst dich." Mario legt keinen Wert mehr darauf, Oma zu gefallen. Sie hat ihre Chance gehabt. Eine zweite wird er ihr nicht geben.
„Soll ich noch einen Tee kochen?" fragt Oma, die auf Marios Chancen pfeift, und wenn es hundert wären. Sie hat die Kanne schon in der Hand. Aber Mama drängt zum Aufbruch. Sie müssen packen und alles für morgen vorbereiten.

„Gut.“ Oma pustet das Teelicht im Stövchen aus. „Dann bringen wir euch nach unten.“

„... und mach deine Hausaufgaben, hörst du? Und trödle nicht auf dem Heimweg. Und paß mit dem Fahrrad auf. Und ...“

„Jaja, mach ich alles.“

Mama läuft zum Wagen, aus dem Mario schon böse Blicke herüberschickt. „Tschüühüs!“ ruft sie über die Schulter. Und winkt mit leichter Hand.

Die Reifen kreischen auf, und sie brausen davon, halb verdeckt von einer weißen Abgasfahne. Buddy sieht ihnen grinsend nach. Das gefällt ihm. Sein Blick sucht den von Simon.

„Er ist ein Angeber“, sagt Simon.

Buddy ist anderer Meinung. Er reibt sich den Bart und grinst. Ein bißchen verlegen. Vielleicht weil er sich so lange nicht hat sehen lassen.

Komisch. Simon hat ihn überhaupt nicht vermißt.

„Und du bist auch einer“, sagt er. Und erschrickt. Das ist ihm so rausgerutscht.

Buddy betrachtet ausgiebig die abgekauten Fingernägel an seinen Pranken. Das hat ihm noch niemand gesagt. Er ist der Held vieler Filme und an Bewunderung gewöhnt. Lässig steckt er sich ein Streichholz zwischen die Zähne und kaut darauf herum. Tut gelangweilt. Oder ist es vielleicht wirklich.

In dieser Gegend ist nichts los. Gardinen verhängen die Fenster. Keine Schlägereien, keine Polizeisirenen. Ein paar Mädchen beim Gummitwist. Der Nachbar führt seinen Hund spazieren. Dann und wann ein Auto, sonst nichts.

Tote Hose, aber total. Und dann wirft Simon ihm noch so was an den Kopf.
„Tut mir leid“, murmelt Simon. „Hab’s nicht so gemeint.“ Und er geht Oma nach, in die Wohnung zurück.

Am Abend ist sein Zimmer fertig eingeräumt. Die Eisenbahnkataloge, die Modellautos, der Malkasten, der Kassettenrecorder, die Kassetten, Simons Lieblingsloks, das Schottlandbuch, alles hat seinen Platz im Regal gefunden. Es ist sogar schon ein bißchen Unordnung entstanden.
Don hat sich auf dem Schlafsofa breitgemacht.
Hattest du Streit mit Bud?
„Nicht richtig. Fast.“
Kraul mich ein bißchen.
Simon setzt sich neben Don und krault ihn hinter den Ohren.
Jaaa. Guuut.
„Das hier ist nichts für Buddy. Zu öde, zu ordentlich, zu ich weiß nicht was.“
Mir gefällt’s.
„Aber es ist nur eine Zwischenstation, vergiß das nicht.“
Simon krault Don unterm Kinn. Don biegt den Kopf zurück und schließt genießerisch die Augen.
„Don? Glaubst du, du kannst dich an einen Bauernhof gewöhnen?“
Mit Mario oder ohne?
Darauf antwortet Simon nicht. Don weiß genau, daß Mario jetzt dazugehört. Daß das Schreckliche eingetroffen ist, Mario für immer und ewig. „Wir können die Fliege machen, Don. Du und ich. Wenn’s soweit ist.“

Aber sicher. Ganz unauffällig. Ein Junge und ein Kater. Ohne Geld. Ohne Dach überm Kopf. Wir übernachten in baufälligen Häusern und zugigen Geräteschuppen. Und wenn wir hungrig sind, fange ich uns einfach zwei oder drei leckere Mäuse.
Don glaubt nicht daran. Und er hat recht. Sie würden auffallen. Irgendein Polizist würde sie irgendwo aufgreifen und nach Hause bringen. Und was hat er da über Mäuse gesagt?
„Menschen essen keine Mäuse, Don."
Selbstverständlich nicht.
„Außerdem müßtest du sowieso erst lernen, welche zu fangen. Bis jetzt bist du ein Stubenkater gewesen. Nicht, daß ich was gegen Stubenkater hätte, aber ..."
Genau das wollte ich dir klarmachen, mein Junge.

Herr Dankwart gibt das Diktat zurück. Er hat die Angewohnheit, die Hefte von unten nach oben auszuteilen, von den Sechsen über die Fünfen und Vieren bis zu den Einsen hinauf. Simon muß nie lange warten.
Unter den Sechsen ist sein Heft diesmal nicht. Er stößt einen leisen Seufzer aus. Also schlimmstenfalls mangelhaft.
Charly und Felix holen sich ihre Fünf ab. Grienend, das Heft achtlos schlenkernd, als wäre es ein alter Scheuerlappen, schlendern sie an ihren Platz zurück. Simon kennt das zur Genüge. Er hat es von Buddy gelernt. Keinem zeigen, daß dich etwas trifft. Immer drüber weggrinsen. Das Gesicht zukleistern mit Gleichgültigkeit.
Die Vieren, die Dreien.
Herr Dankwart muß Simons Heft vergessen haben. Bestimmt liegt es bei ihm zu Hause auf dem Schreibtisch, aus unerklärlichen Gründen in einen anderen Stapel gerutscht. Mit der üblichen roten Bemerkung unter dem Fehlersalat versehen.
„Ja“, sagt Herr Dankwart in die erwartungsvolle Stille hinein, schlägt ein Heft auf und guckt ungläubig hinein. „Und Simon hat eine Zwei.“

Es dauert ein paar Sekunden, bis sich der Satz von Simons Ohren zu seinem Gehirn vorgearbeitet hat. Bis Simon endlich aufsteht und zum Pult geht, fest davon überzeugt, daß es sich nur um einen Irrtum handeln kann.

„Es ist noch kein Meister vom Himmel gefallen“, sagt Herr Dankwart rätselhaft und hält ihm das geöffnete Heft hin.

Unter dem Diktat prangt, rot wie Paprikaschoten und ein wenig nach rechts geneigt, als sei selbst den Buchstaben vor Staunen schwindlig geworden: *Gut.*

Wenn das ein Traum ist, dann möchte Simon noch eine ganze Weile weiterschlafen, bevor er aufwacht und den Traum als Traum erkennt.

Dabei hat er nur ein bißchen mit Opa geübt. Mal für Deutsch, mal für Mathe, wie sie gerade Lust hatten. Opa hat seine letzte Fahrt für dieses Jahr gemacht. Jetzt hat er bis Januar frei und viel, viel Zeit.

Sie haben Schule gespielt. Mal war Opa der Lehrer, mal Simon. Und einmal, als Simon wieder der Lehrer war, hatte Opa acht Fehler in seinem Diktat, und das war eine glatte, gepfefferte Vier. Nicht mal mit einem winzigen Plus dahinter. Daß man beim Lernen lachen kann! Sie saßen sich am Tisch in Simons Zimmer gegenüber und lachten und hielten sich die Seite.

Opa wischte sich Tränen aus den Augenwinkeln und japste: „Hör auf, Simon. Du bringst mich noch um!"

Simon geht, schwebt, fliegt an seinen Platz zurück. Am liebsten würde er jetzt abhauen. Um Opa die Arbeit sofort zu zeigen. Doch es hat sich vieles geändert. Abhauen gehört auf die Liste der Dinge, die Opa und er gestrichen haben.

Nicht gestrichen aber haben sie Steinewerfen. Weil Opa gar nichts davon weiß.

Simon und die andern verziehen sich dazu auf die Schulwiese hinter der Turnhalle. Dahin verirrt sich selten ein Lehrer. Die sind bei der Pausenaufsicht immer nur zu zweit. Wandern mit langen Straußenschritten auf dem Schulhof auf und ab, plaudernd und Stullen kauend.

Charly schafft es bis ungefähr zwei Meter an die Turnhalle heran. Simon sammelt seine Kräfte und wirft noch einen halben Meter weiter. Damit sind die andern ausgeschieden.

Es läutet zur nächsten Stunde.

„Einmal noch", sagt Charly und holt aus.

Das Splittern des Fensters vom Umkleideraum ist nur ein kleines, fernes Geräusch, ganz unwirklich, wie die meisten Katastrophen.

„Charly, Franjo und Tim", liest Herr Dankwart von einem gelben Zettel ab, „Bob, Felix und Simon." Er schaut sie der Reihe nach an, wie die Politiker von den Wahlplakaten auf einen herabsehen. Allerdings ohne Lächeln.
Die Hausmeisterin muß ihm die Namen gegeben haben, denn sie notiert alles auf diese gelben Zettelchen. Sie hat Augen wie eine Eule. Manchmal hat Simon den Verdacht, daß sie sogar um Ecken gucken kann.
„Wer von euch hat das Fenster auf dem Gewissen?"
So einträchtig haben sie noch nie geschwiegen.
„Ich warte." Herr Dankwart tippt mit der Fußspitze auf den Boden. Tapp, tapp, tapp. Er scheint sein Leben mit Warten zu verbringen.
„Wie ihr wollt. Die Konsequenzen habt ihr euch selbst zuzuschreiben." Das bedeutet einen Brief an die Eltern.
Simon zeigt auf.
Charlys Kopf fliegt zu ihm herum.
„Sehr vernünftig, Simon. Also?"
„Ich wohne jetzt bei meinen Großeltern", sagt Simon. „Ich muß Ihnen erst noch die Adresse geben."
Charly lächelt ihm erleichtert zu. Und Simon lächelt breit zurück.

„Eine gute und eine schlechte Nachricht", sagt er beim Mittagessen. „Welche wollt ihr zuerst hören?"
„Die schlechte", beschließt Opa. „Damit du dich steigern kannst."
„Wir haben ein Fenster kaputtgemacht." Unter gesenkten Wimpern hervor guckt Simon Opa an. „Ihr kriegt noch einen Brief deswegen."

„Das läßt sich reparieren. Und die gute?“
„Eine Zwei in Deutsch.“
Opa läßt sich das Heft zeigen. Er begutachtet die Wörter, grunzt anerkennend und schiebt Oma das Heft zu. „Mein Enkel!“
„Meiner auch“, sagt Oma. „Gib nicht so an.“ Sie setzt ihre Brille auf und liest. Ihre Lippen bewegen sich stumm, wie bei Simon, wenn er einen schwierigen Satz vor sich hat.
„Moppel, ich bin stolz auf dich.“ Sie läßt die Brille auf die Nasenspitze rutschen und sieht Opa an. „Er hat sogar gewußt, daß man *Pampelmuse* ohne h schreibt.“
„Klar hat er das gewußt.“
„Hab ich gar nicht“, sagt Simon kleinlaut. „Ich hab bloß geraten.“
„Na und?“ Opa zwinkert ihm zu. „Raten ist erlaubt. Vor allem, wenn man richtig rät.“

Nach dem Essen macht Oma ihren Mittagsschlaf. Opa öffnet den Wandschrank im Flur und zieht eine zusammenklappbare Landkarte heraus.
„Ich dachte, wir könnten schon mal eine Reiseroute ausbaldowern. Sollen wir?“
Den ganzen Nachmittag hocken sie in Simons Zimmer über der Karte und dem Reiseführer, auch Oma, die nach dem Mittagsschlaf dazugekommen ist. Sie haben vier lange Wochen, die sie nach Herzenslust verplanen können. Einen Tag für Linlithgow, zwei Tage für Edinburgh, einen Tag für Stirling, eine Woche für die Highlands und dann ...
„Du liebe Güte“, sagt Oma. „Es ist schon acht vorbei!“
Irgendwann, als die Dämmerung hereingekrochen war, hatte

Opa das Licht angemacht, und sie hatten die Zeit wieder vergessen. Neben der Blumenampel mit dem russischen Wein dreht sich der helle Strohstern im Strom der Heizungsluft und spiegelt sich auf der schwarzen Fensterscheibe.
Opa faltet die Karte zusammen. Simon klappt den Reiseführer zu. Oma setzt schon mal Wasser auf, und dann sind sie alle in der Küche und decken den Tisch.
„Ich werde mir einen Kilt kaufen", sagt Opa. „Willst du auch einen, Simonenkel?"
Simon nickt. „Und einen Dudelsack."
„Und ich hätte gern ein Schloß", sagt Oma. „Mit Türmen und Türmchen und Erkern und hohen, bunten Fenstern. Und einem Saal mit einer langen Tafel. Wo man beim Essen brüllen muß, damit man am anderen Ende etwas versteht."
„Ein alter, schwerhöriger Butler serviert die einzelnen Gänge", spinnt Opa den Faden fort. „Truthahn, Trüffel, Cheddar und Fisch und ..."
„... köstliche Früchte in einem dieser Kristallständer mit den drei Stockwerken, wie heißen die gleich noch?"
„Etageren", sagt Opa. Er ist ein wandelndes Wörterbuch.
„Soll das Schloß einen Wassergraben haben?" fragt Simon.
„Selbstredend", sagt Oma, die Königin, „und einen Park mit schreienden Pfauen, die ihre leuchtenden Schwanzfedern hinter sich herschleifen wie Brautschleier."
Bei Brautschleier fällt Simon Mamas Hochzeit wieder ein. Er preßt die Lippen zusammen. Mama soll keinen Schleier hinter sich herziehen. Sie soll Mario zum Teufel jagen.
„Weißt du was, Elfriedchen", Opa hebt Oma hoch, wirbelt sie herum und setzt sie behutsam wieder ab, „das mit dem Schloß überlegen wir uns noch. Aber einen todschicken

Schottenrock, den kann ich dir hier und heute schon versprechen."
„Und einen Hut", verlangt Oma. „Mit genau denselben Karos."
Opa nickt. „Meinetwegen auch karierte Schuhe." Er sieht Simon an. „Da fällt mir ein – hast du eigentlich deine Hausaufgaben fertig?"
„Vergessen."
Inzwischen ist es neun. Und Simon fallen die Augen allmählich zu.
„Dann brauchst du eine Entschuldigung." Opa massiert sich nachdenklich die Stirn. „Wie wär's mit: Wegen der Planung unserer sommerlichen Schottlandreise konnte mein Enkel Simon leider die Hausaufgaben nicht erledigen?"
„Unmöglich", sagt Oma.
„Kurzzeitiges Unwohlsein hinderte meinen Enkel Simon bedauernswerterweise daran, die Hausaufgaben auszuführen?"
Oma und Simon schütteln den Kopf.
Opa seufzt. „Also gut. Dann zeig mir, was du zu tun hast, und ich mach es heute abend für dich."
Oma und Simon sehen Opa zweifelnd an.
„Im Nachmachen von Handschriften bin ich einsame Spitze", behauptet Opa gekränkt. „Ist ein altes Hobby von mir."
„Der geborene Fälscher." Aber Oma sagt es mit einem Lachen in der Stimme.

„An deiner Schrift mußt du allmählich wirklich was tun, Simon", sagt Herr Dankwart am nächsten Morgen. „Sie wird ja immer unleserlicher."

„Ich hab mir die Hand verstaucht“, murmelt Simon. Er guckt Herrn Dankwart dabei nicht an.
„Eine saubere Schrift ist das A und O“, sagt Herr Dankwart. „Und das gilt nicht nur für dich, das gilt für die ganze Klasse.“

Schätzelchen?“ Man kann Mamas Laune an den Namen ablesen, die sie Simon gibt. Bei *Schatz* ist ihre Laune normal bis liebevoll. Bei *Schätzchen* liebevoll bis zärtlich. *Schätzelchen* bedeutet, daß sie wegen irgendwas ein schlechtes Gewissen hat. „Geht es dir gut?“

Es ist Simon noch nie so gutgegangen wie hier bei Oma und Opa. Aber das kann er Mama unmöglich sagen. Es würde ihn mindestens auf die Schatzstufe zurückwerfen.

„Ja“, sagt er. „Und dir?“

„Das Badezimmer ist fast fertig.“ Ihre Stimme perlt wie das Wasser in einem Bach. „Morgen fangen wir mit der Küche an. Klo, Badewanne, Waschbecken und Möbel sind schon bestellt, aber das wird dauern.“ Sie lacht ihr Schätzelchenlachen. „Du müßtest uns sehen. Staub und Mörtel im Haar und in den Augenbrauen, abgebrochene Fingernägel, Schwielen an den Händen und überall blaue Flecken. Wir sind richtige Bauarbeiter geworden.“

Kein Gel mehr im Haar? Keine Prinzeßkleider für Mario?

Da hat er ihr in Gedanken das Stichwort gegeben.

„Mario ist ein Künstler! Er kann wirklich alles. Vielleicht baut er dir sogar ein Hochbett. Wie findest du das?“

„Ich hab eine Zwei in Deutsch", sagt Simon. „Und eine in Mathe."
„Wie schön, mein Schatz."
„Opa meint, ich kann vielleicht sogar auf die Realschule, wenn das so weitergeht. Felix, Bob und die andern gehn auch dahin. Vielleicht sogar Charly."
Sofort verändert sich ihre Stimme.
„Das Kapitel ist abgeschlossen, Simon. Opa soll gefälligst aufhören, dir Flausen in den Kopf zu setzen. Ich hab mich schon mit der Schule hier im Nachbarort in Verbindung gesetzt. Du kannst im neuen Halbjahr da anfangen. Und dann überlegen wir in aller Ruhe, ob die Realschule für dich überhaupt ..."
Der Schreck kommt mit häßlicher Kälte.
„Im Januar schon? Aber du hast doch gesagt ..."
„Na ja, ganz fertig werden wir dann noch nicht sein, aber mit einem bißchen guten Willen ..."
„Ich hab keinen guten Willen!" Simon tritt mit voller Wucht gegen das Telefonschränkchen. Opa, der im Sessel sitzt und Zeitung liest, fährt erschrocken zusammen.
„Es gibt massenhaft Jungen in der Nachbarschaft. Ein paar sind in deinem Alter. Zwei von ihnen haben Mario beim Entrümpeln geholfen. Sie sind sehr nett."
Wie kann jemand nett sein, der mit Mario gemeinsame Sache macht?
„Meine Freunde sind hier!"
„Dieser Charly und Konsorten? Das meinst du doch nicht ernst. Die haben dir doch immer nur die kalte Schulter gezeigt."
„Früher mal. Aber das ist längst vorbei." Von Elvira sagt er

nichts. Mama würde es Mario erzählen, und der würde wieder seine Witze darüber machen.
„Ich diskutiere nicht mit dir, Simon!“ Sie spricht das aus, wie Herr Dankwart Dis-zi-plin sagt. Nur mit noch spitzerer Zunge. „Mario findet auch ...“
Er muß es jetzt sagen. Wenn sie es nicht von allein merkt, muß er es ihr sagen.
„Mario! Ich will nicht mit dem zusammenwohnen. Er hat Don zum Fressen auf den Balkon geschickt!“
„Mein Gott, Simon! Sei doch nicht so störrisch! Du bist nicht mehr drei!“
Im Hintergrund hört Simon Marios Stimme. Mama hält die Sprechmuschel zu. Es macht ein saugendes Geräusch, wie wenn man beim Baden Wasser ins Ohr bekommt.

„Mario möchte dich mal kurz sprechen, Schätzchen."
Und dann ist Mario am Apparat.
„Hej, Simon, Alter."
Simon öffnet und schließt den Mund wie ein Fisch. Es kommt kein Ton heraus. Seine Hand legt den Hörer auf die Gabel und fängt an zu zittern.
Opa faltet die Zeitung zusammen. „Was ist los?"
„Ich kann nicht mit ihm sprechen."
„Mit Mario?"
Simon nickt.
Opa zieht ihn an sich und hält ihn fest, bis das Zittern aufgehört hat.
„Soll ich mit ihm reden, wenn er gleich wieder anruft?" fragt er.
„Er ruft nicht wieder an", sagt Simon. „Mama auch nicht. Sie sind beleidigt."
Es stimmt. Das Telefon bleibt still.
Als es nach einer Stunde wieder klingelt, ist Elvira dran.
„Ich will Weihnachtsgeschenke kaufen", sagt sie. „Kommst du mit?".

„Stiihille Naacht, heiilige Naacht", orgelt es aus den Lautsprechern im Kaufhof. Lichter strahlen, Glitterschmuck wendelt sich in langen Spiralen um die künstlichen Weihnachtsbäume. Riesige bunte Kugeln hängen von der Decke herab.
Simon steckt die Hand in die Tasche und befühlt den Geldschein. Zwanzig Mark. Die hat er sich mit Müllrausbringen, Staubsaugen, Einkaufen und Kochen verdient. Spaghetti mit Tomatensoße. Das einzige Gericht, das er kann. Außer

Dosensuppen natürlich, aber die gibt es bei Oma nicht. Nur über ihre Leiche, hat sie gesagt.

„Ich glaub, ich nehm diesen hier." Elvira hat für ihre Mutter einen Krimi ausgesucht: *Drei Tote kämpfen um ihr Leben.* Ein Sonderangebot. Kein Wunder, bei diesem Titel.

„Sie gruselt sich gern", sagt sie auf dem Weg zur Kasse. „Und dann traut sie sich wieder tagelang nicht in den Keller."

„Wenn man pfeift, geht's", sagt Simon.

„Aber wenn du dich richtig gruselst, dann hast du nicht genug Spucke zum Pfeifen."

Auch wieder wahr.

Elvira bezahlt, sie drehen sich um – und laufen direkt in Charly hinein.

„Ich brauch neue Hefte", sagt er. „Und ihr?"

Er scheint sich gar nicht darüber zu wundern, sie zusammen anzutreffen.

„Weihnachtsgeschenke", sagen Simon und Elvira wie aus einem Mund.

Charly wirft einen Blick über die Schulter. Er beugt sich zu ihnen vor und fängt an zu flüstern. „Wer das Wertvollste klaut, hat gewonnen. Okay?"

Noch vor kurzem wär das für Simon ein Spaß gewesen. Er hat das Spiel oft gespielt, und er war gut darin. Er konnte Sachen unter der Jacke verschwinden lassen, an die andere nicht mal zu denken gewagt hätten.

Aber er hat dem Adler ein Versprechen gegeben.

„Was ist?" Es juckt Charly in den Fingern. Obwohl er schon einmal erwischt worden ist. Mit Verhör im Büro des Filialleiters, mit Eltern, Hausverbot und allem Drum und Dran.

Auch Elvira guckt Simon abwartend an.

Er hätte nicht gedacht, daß sie mitmachen würde. Sie hat doch alles. Aus welchem Grund sollte sie klauen?
Simon weiß, was passiert, wenn man sich drückt. Man ist erledigt und vergessen. Für lange, lange Zeit.
Und diesen goldenen Brieföffner da könnte man so leicht mitgehen lassen. Ein einziger Griff und sich dann ganz langsam und unauffällig in Richtung Ausgang verdrücken. Nicht zu unauffällig natürlich, denn auch dafür haben Kaufhausdetektive einen Blick. Man muß die richtige Mischung finden.
Die Verkäuferinnen schwatzen miteinander, und es sind kaum Kunden in der Nähe. Bloß zwei alte Frauen in Wollmänteln mit Persianerkragen, die sich nicht entscheiden können, welche Sorte Briefpapier sie kaufen sollen.
Geübt läßt Simon den Blick schweifen.
Und da sieht er Buddy. Er steht bei den Uhren und nickt ihm erwartungsvoll zu. Mit Stolz in den Augen. Wie der Vater, den Simon sich hundertmal ausgemalt hat.
Versuchungen kommen immer von allen Seiten.
Simon holt tief Luft.
„Ich hab's mir abgewöhnt", sagt er so fest wie möglich. „Wie mit sechs das Daumenlutschen."
Jetzt wird Charly sich umdrehen und ihn stehenlassen. Und Elvira wird ihn ansehen mit einem abgrundtief enttäuschten Blick.
Egal. War sowieso viel zu schön, um wahr zu sein. Simon ist so lange ohne Freunde ausgekommen, er wird sich wieder daran gewöhnen.
Und Buddy?
Der schüttelt traurig den Kopf. Er zieht die Hände aus den

Taschen und wendet sich ab. Er geht nicht weg, er löst sich einfach auf. In Luft. In nichts.
Simon schluckt an dem Kloß in seinem Hals. Es ist das erste Mal, daß Buddy sich einfach so aufgelöst hat wie ein Flaschengeist. Das kann nur bedeuten, daß er nicht wiederkommen wird. Daß er für immer aus Simons Leben verschwunden ist. Ihm ist zum Heulen zumute.
„Das Daumenlutschen!“ Langsam breitet sich ein Grinsen auf Charlys Gesicht aus, dann schüttet er sich aus vor Lachen. Und neben Simon lacht Elvira mit.
Die Verkäuferinnen werden aufmerksam. Eine kommt auf sie zu, mit düsteren, wissenden kleinen Schritten, und bleibt neben ihnen stehen. Ein Wachhund, bereit, bei der ersten verräterischen Handbewegung sofort loszubellen.
„Haben wir uns abgewöhnt“, sagt Charly zu ihr. „Wie mit sechs das Daumenlutschen.“
Er legt Simon den Arm um die Schultern und zieht ihn, immer noch lachend, mit nach draußen.
Simon sieht sich nach Elvira um. Sie kommt ihnen nach. Pfeifend, die Hände in den Taschen.

Am Tag vor Heiligabend verpackt Simon die Geschenke. Oma, die alles hamstert, was man irgendwie noch mal verwenden kann, hat das Geschenkpapier von mindestens zehn Jahren in ihrem Trödelschrank gesammelt. Sie hat es geglättet und vorsichtig die Klebestreifen entfernt. Die paar Knitter fallen überhaupt nicht auf.
„Ich kann es eben bügeln“, sagt sie. „Dann ist es wieder wie neu.“ Sie wischt die Hände an der Schürze ab. Ihre Wangen sind vom Küchendunst gerötet. Für eine Großmutter ist sie in diesem Augenblick viel zu jung.
„Laß nur.“
Oma hat wirklich genug zu tun. Sie bereitet schon den Braten für morgen vor. Mama und Mario werden kommen. Aber sie werden nur bis zur Bescherung bleiben, weil sie ihren Zeitplan für die Renovierung nicht durcheinanderbringen wollen.
Simon schließt sich in seinem Zimmer ein. Vorsichtshalber pfriemelt er zusätzlich noch ein T-Shirt um die Klinke, um das Schlüsselloch zu verhängen. Dann erst breitet er die Geschenke auf dem Tisch aus.
Opa wird er einen Stein schenken, den er in der Nähe der

Kapelle gefunden hat. Er ist rund und glatt und weiß, mit schwarzen Zebrasprenkeln, und er paßt genau in Simons Hand. Wenn man ihn eine Weile gehalten hat, ist er warm wie ein schläfriges Tier.

Opa denkt viel nach in letzter Zeit. Sitzt im Sessel und guckt aus dem Fenster. Und seine Hände fahren rastlos über seine Knie oder über die Armlehnen, als suchten sie etwas, um sich daran festzuhalten. Als Simon den Stein entdeckte, wußte er sofort, daß es ein Nachdenkstein, ein Festhaltestein für Opa war.

Für Oma hat er einen bildschönen Fingerhut aus Porzellan gekauft. Er ist mit winzigen Blumen bemalt und hat nur einen haarfeinen, kaum sichtbaren Riß. Deshalb war er billiger. Ein Glücksfall, denn sonst hätte Simon ihn sich nicht leisten können.

Der Riß stört nicht. Er sieht aus wie ein Stengel, denn genau auf seinem Ende sitzt eine kornblumenblaue Blüte.

Normalerweise benutzt Oma simple Fingerhüte aus Plastik, die nicht viel kosten. Denn sie verliert sie immerzu. Läßt sie irgendwo liegen und findet sie später nicht wieder. Weil sie ihr beim Staubwischen vielleicht heruntergefallen sind und sie sie dann aufgesaugt oder zertreten hat.

Mama bekommt eine Bienenwachskerze vom Weihnachtsmarkt. Simon war mit Oma und Opa dort. Frierend sind sie in der klirrenden Kälte von Stand zu Stand gelaufen und haben sich später mit Dampfnudeln aufgewärmt.

Simon hatte noch nie Dampfnudeln gegessen. Er war auch noch nie auf einem Weihnachtsmarkt gewesen. Vor Weihnachten hat Mama immer wenig Zeit gehabt. Da mußte sie haufenweise Überstunden machen.

Für Elvira hat Simon Nessie gemalt. Mit Wasserfarben, die geheimnisvoll ineinander verlaufen. Der Hintergrund ist braungrüngrau wie das Wasser in den Tiefen von Loch Ness. Und Don? Für ihn hat Simon eine Bürste erstanden. Aus der alten sind so viele Borsten rausgebrochen, daß sie aussieht wie ein kranker Kaktus. Und genauso bürstet sie auch.

Don ist unterwegs. Trotzdem verpackt Simon die Bürste zuallererst. Es sieht nämlich nach Schnee aus, und Don haßt es, nasse Füße zu bekommen.

Simon legt Rondo Veneziano ein und denkt über seinen Wunschzettel nach.

Zuerst hatte er nur die Wünsche aufgeschrieben, die erfüllbar sind: Knieschoner, Torwarthandschuhe, eine Musikkassette, schwarze Turnschuhe. Doch dann hat er, ganz klein und mit verschämtem Fragezeichen, *Oder einen gebrauchten Computer?* druntergesetzt.

In seine Gedanken hinein klopft es an der Tür.

Simon ist schon auf dem Weg zum Kassettenrecorder, um den Ton runterzudrehen.

„Machst du die Musik ein bißchen lauter?" hört er da Opas Stimme. „Sei nicht so knickrig! Ich will schließlich auch was davon haben."

Die Wände hier sind nicht so dünn wie die zu Hause. Nicht wie Kartenhauswände, durch die man jedes Hüsteln hört.

Und wirklich, niemand wummert gegen die Wand. Niemand kommt, um sich zu beschweren.

Simon hat gerade das letzte Päckchen mit lila Kringelband umwickelt, als es am Fenster kratzt und Don von draußen mißmutig hereinstarrt.

Schneeregen fällt vom Himmel.

Simon öffnet das Fenster und läßt Don herein.
Sauwetter!
Es ist wirklich vieles anders geworden in den vergangenen Wochen. Don hat sich sogar das Fluchen angewöhnt.

Ich habe mich entschlossen, nicht mitzukommen.
Don hat sich die Pfoten geleckt und ist auf das Schlafsofa gesprungen. Er dreht sich ein paarmal um sich selbst und legt sich hin. Naß und stachlig stehen ihm die Haare vom Rücken ab.
Simon hockt noch vor der Schublade, in der er die Geschenke verstaut hat. Er dreht sich nach Don um.
„Ist das ein Spiel?“
Don antwortet nicht.
„Und was muß ich jetzt sagen?“
Sie haben solche Spiele oft gespielt. Sätze gesagt, die nicht zueinander paßten. Quatschsätze. Don hat diese Spiele immer gewonnen. Er ...
Nein. Nach Spielen ist mir nicht.
Dann meint er das ernst? Simon knallt die Schublade zu und ist sofort auf den Füßen. Er setzt sich neben Don aufs Sofa.
Ich habe lange darüber nachgedacht.
„Aber“, Gänsehaut rieselt Simon über die Arme wie kühler, trockener Sand, „du kannst mich doch nicht alleinlassen, Don. Mit Mama und ...“
Er wird mich nicht ins Haus lassen. Höchstens in diese Scheune, von der du erzählt hast. Ich hab's aber gern warm und gemütlich.
„Ich auch“, sagt Simon. Aber er denkt nicht an solche Wärme. Er denkt an den Duft von Weihnachtsplätzchen und

Reibekuchen. An Schachspiele nach dem Abendessen. An nachmittagelanges Monopoly und Omas meisterhafte Mogeltricks.

Ich weiß.

Simon zerrt an seinen Fingern. Hört das Knacken in den Gelenken.

Dein Großvater denkt auch viel nach. Ihm geht eine Menge durch den Kopf.

Don will ihm damit was sagen, das spürt Simon ganz deutlich. Aber was? Warum spricht er bloß immer in Rätseln?

„Deinetwegen?“

Meinetwegen auch. Aber nur in zweiter Linie.

Was soll das nun wieder heißen?

Doch da legt Don sich auf die Seite, streckt sich aus, schließt die Augen und schläft ein. Oder tut so, als würde er schlafen. Bei Don weiß man nie.

Simon geht in den Flur und zieht den Anorak an.

Oma macht auf dem Sofa ihren Mittagsschlaf. Opa sitzt im Sessel und schaut aus dem Fenster. Seine Hände streichen über die Armlehnen. Hin, her, hin, her.

„Ich geh ein bißchen raus“, sagt Simon.

Opa ist weit weg. Er hört ihn nicht.

Der Schneeregen ist von einzelnen großen Flocken durchsetzt. Simon hält das Gesicht in den grauen Himmel. Eine Flocke setzt sich ihm auf die Nase und zerschmilzt.

Irgend etwas treibt Simon den Kaiserhügel hinauf. Es treibt ihn an, unsinnig schnell den steilen, schmalen Weg hochzustapfen. Schon auf der Mitte keucht er und schnappt nach Luft. Kalt und schneidend fährt sie ihm in die Lungen.

Die Äste der Bäume und Sträucher halten den Schnee fest. Winterwald, denkt Simon und freut sich über das Wort. Er würde es jetzt gern Don ins Ohr flüstern. Don, dem Weisen, der einschläft, bevor er seine Geheimnisse verraten hat.
Niemand kommt Simon entgegen, niemand überholt ihn. Er ist hier noch nie jemandem begegnet. Es ist, als gehöre der Hügel samt der Kapelle ihm und Oma und Opa allein.
Die Kapelle wartet schon auf ihn. Ruhig und gelassen steht sie da und sieht ihm mit ihren bunten Augen entgegen.
Bevor Simon ausprobiert, ob die Tür geöffnet ist, geht er zu der Stelle, von der aus man das Haus sehen kann, in dem Oma und Opa wohnen. Da ist es, umringt von anderen Häusern, und alle nur spielzeuggroß. Simon erkennt das Fensterchen seines Zimmers, hinter dem Don schläft. Die Wohnzimmerfenster mit der Balkontür, hinter denen Opa im Sessel sitzt und über Dinge nachdenkt, die in zweiter Linie mit Don zu tun haben sollen, was immer das bedeuten mag.
Simon hebt die Hand und winkt. Obwohl Opa ihn nicht erkennen könnte, selbst wenn er am Fenster stünde und guckte.
Die Tür ist heute nicht verschlossen. Simon betritt den stillen, dämmrigen Raum. Er setzt sich auf die erste Bank, die vertraut unter ihm ächzt, vergräbt die Hände in den Taschen und richtet den Blick auf den kleinen Altar.
Morgen wird es hier eine Mitternachtsmesse geben. Simon wird mit Oma und Opa hingehen. Falls er es schafft, die Augen so lange offenzuhalten.
Mama und Mario sind dann längst wieder unterwegs. In Richtung Sauerland. Zu ihrem Bauernhof, den Mama am Telefon neuerdings *Knusperhäuschen* nennt.

Die gelben und weißen Chrysanthemen in den bauchigen Vasen verströmen einen Geruch nach Moder und Heiligkeit. Simon mag diesen Geruch. Manchmal kommt er extra seinetwegen hierher.
Und wegen der Marienfigur in der Nische, der er alles erzählen kann, ohne daß sie mit ihrem feinen Lächeln aufhört.
Sie lächelt seit über zweihundert Jahren. Obwohl das Blau von ihrem Mantel abblättert und das Gold von ihrem Heiligenschein.
Einmal hat Simon seine Malsachen mitgebracht und Wasser in einem Gurkenglas aus dem Keller. Leider waren die Wasserfarben nicht kräftig genug. Er konnte ihr nicht helfen.
Manchmal, wenn er sie lange unverwandt angeschaut hat, ist ihm, als wäre sie lebendig. Als würde sie jeden Moment den zierlichen Fuß heben und von ihrem Sockel heruntersteigen. Aber sie tut es nie. Trotzdem hört Simon nicht auf, darauf zu hoffen.
Obwohl er nicht weiß, was er dann tun würde. Vielleicht doch einen Schreck kriegen, einen erstickten Schrei ausstoßen, weglaufen?
Simon beugt sich zu ihr vor. Er hat unendlich viel mit ihr zu bereden heute.
„Das ist nämlich so ...“, beginnt er.
Gütig lächelnd hört sie ihm zu.

Als Simon die Kapelle wieder verläßt, empfängt ihn draußen dichte Dunkelheit. Aber er hat keine Angst. Seine Füße kennen sich mittlerweile hier aus.
Trotzdem strauchelt er ein paarmal. Weil er es plötzlich sehr eilig hat. Eiliger als je zuvor.
Am Fuß des Hügels, da, wo schon das Licht der Laternen den Boden streift, stößt Simon auf einen streunenden Hund. Er sieht aus wie einer dieser quirligen Zirkushunde, die immer den Clown spielen und trotzdem durch die engsten Feuerreifen springen. Er trägt kein Halsband, scheint zu niemandem zu gehören. Simon hält ihm die Hand hin, doch der Hund weicht knurrend vor ihm zurück.
Sein Fell ist zottig und verfilzt. In den struppigen Barthaaren hat sich ein knisterndes welkes Blatt verfangen. Gierig beschnüffelt er die Grasbüschel, zieht einen Kreis um Simon, sorgsam darauf bedacht, Abstand zu wahren.
Simon weiß genau, wie dieser Hund sich fühlen muß. Lange genug hat er sich selber so gefühlt. Er weiß, wie es ist, herumzustromern, immer in der Nähe von andern, doch keinem zu nah. Niemandem nah genug.
„Frohe Weihnachten“, sagt er leise.

Der Hund stellt beim Klang der Stimme die zerfetzten Ohren auf. Mit einem nur noch halbherzigen Knurren zieht er sich raschelnd ins Unterholz zurück.
Beim Haus dreht Simon sich nach der Kapelle um. Man kann sie jetzt nicht sehen. Aber es ist schön zu wissen, daß sie da ist, versteckt im Anfang der Nacht.

Sie haben mit dem Essen auf ihn gewartet. In der Küche hängt schwach noch Bratengeruch. Der Tee gluckert auf dem Stövchen. Das Licht der Lampe ist warm und weich.
Oma nimmt Simon in die Arme. Ihre Augen sind feucht. Hat sie mit Opa Streit gehabt?
„Wir haben uns solche Sorgen gemacht, Moppel. Wir wußten nicht, wo du bist."
„*Du* hast dir Sorgen gemacht", verbessert Opa sie. „*Ich* war die Ruhe in Person. Ein Adlerjunges findet immer seinen Weg."
„Wenn es flügge ist."
„Simon *ist* flügge. Er ist hier oder nicht?"
„Ich hab dir doch gesagt, daß ich rausgeh", sagt Simon zu Opa. „Du hast es bloß nicht gehört."
Opa schenkt Tee ein, langsam und konzentriert, als wäre es eine äußerst verantwortungsvolle Tätigkeit. „Ich habe nachgedacht."
Der Stein. Am liebsten würde Simon ihn jetzt schon hervorholen. Warum muß man mit den Geschenken immer bis zur Bescherung warten?
„Mama hat angerufen", sagt Oma zögernd. „Sie können morgen nicht kommen. Mario ist von einem Balken gestürzt und hat sich ein Bein gebrochen."

Jetzt müßte Simon enttäuscht sein. Wenn nicht sogar unglücklich. Schließlich hat er Mama lange nicht mehr gesehen. Aber er ist es nicht. Er horcht in sich hinein. Nein. Keine Enttäuschung. Nicht mal ein Fitzelchen davon.
„Und alleine will sie nicht kommen?"
Oma schaut betreten auf ihren Teller.
„Nein." Opa weicht Simons Blick nicht aus. „Sie sagt, sie muß sich um Mario kümmern."
„Er ist natürlich wirklich hilflos", murmelt Oma, „so eingegipst."
Sei ehrlich, sagt Don, *du bist nicht nur nicht enttäuscht. Du bist sogar erleichtert.*
„Stimmt."
„Ich bin froh, daß du es so aufnimmst", sagt Oma aufatmend. „Wir holen unsere Feier nach. Das verspreche ich dir."
Ich weiß auch, warum. Don läßt nicht locker. Er sitzt bei der Tür und blinzelt ins Licht. *Du solltest es ihnen sagen.*
Und wenn sie nicht wollen? Wenn sie es ablehnen? Denn es ist doch eigentlich ungeheuerlich.
Simon starrt Don an, obwohl Don es verabscheut, angestarrt zu werden.
Wieso ich deine Gedanken kenne? Weil ich ein ganz besonderer Kater bin. Don erwidert Simons Blick mit schmalen Raubtieraugen. Er schnurrt. *Also los! Sag's ihnen schon!*
Simon faßt sich ein Herz. Er muß es ja sowieso hinter sich bringen, warum also nicht gleich?
„Ich zieh nicht mit auf diesen Bauernhof", sagt er.
Es sollte eigentlich nicht so ruppig klingen.
Bildet er sich nur ein, daß Oma ihre Tasse ein klein wenig zu

fest absetzt? Daß Opa den Bissen vor Überraschung unzerkaut runterschluckt? Daß das Licht der Lampe plötzlich dunkler geworden ist?

Äußerst geschickt, wirklich. Don leckt sich vorwurfsvoll das Brustfell. *Wie ein Elefant im Porzellanladen. Sei vorsichtiger. Freundlich. Versuch's noch mal.*

„Ich will bei euch bleiben ..."

Schon besser. Und jetzt vielleicht noch ...

„... oder ich mach die Fliege."

Prächtig. Wenn du es vermasseln willst, dann nur weiter so.

Wieso sagen sie nichts? Wieso gucken sie ihn so an? Als wären ihre Gesichter zu Stein erstarrt. Denkmalgesichter.

Fehlt bloß noch, daß er jetzt anfängt zu heulen. Die Unterlippe zittert schon sehr verdächtig. Simon hält sie mit den Zähnen fest. Sekunden vergehen, Minuten, Ewigkeiten.

„Mama hat ihren Mario. Mich hat sie nie ... auch vorher nicht ..."

Er muß jetzt still sein. Seine Unterlippe spielt verrückt. Sie verwackelt und vernuschelt jedes Wort. Er legt die Hand auf den Mund und plinkert das Nasse in den Augen weg.

Ob sie auf den Schottlandfähren nach blinden Passagieren suchen?

Und wenn sie einen finden? Stecken sie ihn dann ins Gefängnis? Bei Wasser und Brot, eingesperrt mit Ratten, die hungrig umherhuschen und nur darauf warten, daß man einschläft und wehrlos ist?

Draußen heult ein Hund. Vielleicht ist es der, den Simon beim Hügel getroffen hat.

Aus irgendeinem Grund macht ihn das wütend. Drängt die Tränen zurück. Zieht ihm die Hand vom Mund.

„Wenn ihr mich nicht haben wollt ..."
„Was meinst du denn, worüber ich all die Tage nachgedacht habe?" Opas Stimme ist wunderbar laut in der Stille. „Nur – so einfach ist das nicht, mein Junge."
„Mama braucht mich nicht. Ich ... stör sie bloß."
„Aber Simon." Oma macht eine kleine, unsichere Bewegung mit den Händen. „So kannst du das doch nicht sagen."
„Warum nicht?" Opa kippt seinen Tee runter, als wär es Schnaps. „Wie viele Marios gab es denn schon vorher? Fünf? Sechs? Oder mehr?"
Er schiebt seinen Stuhl zurück und steht auf.
„Aber du hast doch kaum etwas gegessen." Dabei hat Oma selbst nur ein paarmal an ihrem Tee genippt.
„Wir fahren hin", sagt Opa. „Komm, Simon. Zieh dich an. Das besprechen wir jetzt sofort."

„Simon?"
Verschlafen öffnet Simon die Augen.
„Du mußt mir helfen."
Simon setzt sich auf. Er schiebt Opas Mantel weg, mit dem er sich zugedeckt hatte, und schaut sich um. Opa ist an den Straßenrand gefahren und parkt neben einer Iglumauer von aufgetürmtem Schnee.
Vor ihnen liegt der kleine Ort im gelben Schein der Laternen, in Schlaf gesunken, sämtliche Fenster dunkel.
„Da rauf, glaub ich", sagt Simon und zeigt nach links. Er ist sich nicht sicher. In der Nacht sieht alles anders aus.
Der Weg ist nicht geräumt. Die Reifen drehen durch. Aber Opa lenkt den Froschkönig mit fester Hand. Er läßt ihm keine Bockigkeit durchgehen.

Sie verfahren sich nur einmal, dann sehen sie den Bauernhof wie einen schwarzen Flecken im Schnee. Es brennt kein Licht.

Der alte Traktor ist aus der Scheune verschwunden. Statt dessen steht Marios Wagen darin. Opa stellt den Froschkönig daneben ab.

Hand in Hand überqueren sie den finsteren Hof. Das Knirschen ihrer Schritte muß meilenweit zu hören sein. Es wird von aufgeregtem, heiserem Gekläff weiter oben beantwortet.

Mama hat schon den Schlafanzug an. Verwirrt reißt sie die Augen auf.

„Ist was passiert?"

„Wir müssen mit dir sprechen", sagt Opa knapp.

Und dann sitzen sie in der unteren Küche, dampfenden Tee in gepunkteten Tassen vor sich. Die Küche, von dem ganzen Unrat befreit, sieht altmodisch und behaglich aus.

„Ich hole Mario", sagt Mama.

Aber Opa winkt ab. „Es geht nicht um Mario. Jedenfalls nicht direkt."

Da setzt Mama sich wieder hin.

Ringsum werden die Morgengeräusche wach. Das wichtigtuerische Krähen eines Hahns. Das dumpfe Rattern eines Traktors.

Mama macht Frühstück.

Die Fensterscheiben sind beschlagen. Eier poltern im Kochwasser. Die ersten Brotscheiben springen aus dem Toaster.

Mario schläft immer noch.

Die durchwachte Nacht und das viele Reden stecken Simon wie eine Grippe in den Knochen. Seine Zähne sind zu müde

zum Kauen. Sein Hals ist zu müde zum Schlucken. Er schwankt auf dem Stuhl, als wäre er betrunken.
Bevor sie rausgehen, nimmt Opa Mama in die Arme. Das hat er lange nicht mehr getan. Und Mama hat ihm schon lange keinen Kuß mehr auf die Wange gedrückt, die jetzt bartstoppelgrau, schlaff und übernächtigt ist.
„Jedes zweite Wochenende", sagt Mama auf dem Hof. Ihr Mund ist ganz nah an Simons Gesicht. Ihr Atem riecht nach Honigtoast und Tee. „Vergiß es nicht!"
Sie hat Marios Jacke an und ihre neuen Winterstiefel. Zusammen mit dem Schlafanzug sieht das ziemlich komisch aus. Simon muß an das tapfere Schneiderlein denken. Er weiß nicht, warum.
Sie zieht ihn an sich und küßt ihn hinters Ohr. Marios Leder knirscht an Simons Haut.
Er schafft es gerade noch, Mama zuzuwinken, dann rollt er sich auf dem Rücksitz zusammen, kuschelt sich in Opas Mantel und schläft ein.

Und? Don war schon unterwegs und ist jetzt noch mal zu Simon ins Bett gekrochen. Er legt ihm eine Eispfote aufs Gesicht. Sein Fell riecht nach Winterluft.
„Wir probieren es aus." Simon schiebt die Pfote weg. „Gukken, ob es klappt."
Zuerst mal bis zum Sommer, nehme ich an.
„Ja. Und danach vielleicht ... vielleicht für immer, Donnie! Und vielleicht darf ich dann doch mit den andern auf die Realschule. Wenn ich mich tüchtig am Riemen reiße."
Das hat Mama gesagt. Auch so ein seltsamer Ausdruck. An welchem Riemen soll er denn reißen?
„Wir besuchen uns ganz oft, Mama und ich. Mindestens jede zweite Woche."
Und ... Mario?
Simon hebt die Schultern. „Zu Besuch halt ich ihn locker aus. Was ist das schon, zwei Tage?"
Da steckt Oma den Kopf ins Zimmer.
„Endlich aufgewacht, du Schlafmütze?" Sie geht zum Fenster und läßt Licht herein. Ein besonderes Licht.
Fast hätte Simon vergessen, daß Heiligabend ist. Dabei hat Mama ihnen doch erst vor ein paar Stunden noch ihre Päck-

chen mitgegeben. Damit sie unter dem Baum liegen, auch wenn sie selbst nicht dabeisein kann.

Oma setzt sich zu ihm und knetet seine Hand. „Ihr zwei, du und Don, seid das schönste Weihnachtsgeschenk, das ich jemals bekommen habe.“

Der Baum!

„Keine Sorge.“ Wieder hat sie in seinen Gedanken gelesen, wie Don. „Opa hat ihn schon aufgestellt. Er wartet auf dich, damit ihr ihn zusammen schmücken könnt. Ich habe den Auftrag, dich erbarmungslos aus dem Bett zu zerren.“

Sie kitzelt ihn unter den Armen, da, wo er besonders empfindlich ist.

Mit drei, vier olympiareifen Sätzen ist Simon bei der Tür.

Opa dreht den Nachdenkstein in den großen Händen. „Den werde ich auf jede Fahrt mitnehmen. Und abends an euch denken.“

„Und anrufen“, sagt Simon. „Immer um acht.“

„Heiliges Ehrenwort.“

Inzwischen hat Oma den Fingerhut aus dem Papier gewikkelt.

„Nein!“ sagt sie, und dann ist sie still.

Er gefällt ihr nicht! Bestimmt hat sie den Riß gesehen. Bestimmt denkt sie ...

„So einen hatte ich ganz früher mal, als junges Mädchen. Ich hatte ihn von meiner Mutter. Wie meinen Augapfel hab ich ihn gehütet. Und dann lag er doch eines Tages auf dem Boden und war zersprungen.“

Sie setzt ihn auf den Finger, und er paßt, wie ein Fingerhut nur passen kann.

Don ist nicht da. Er wird seine Bürste später bekommen.
„Und jetzt Simon." Opa reibt sich die Hände. Er kann es kaum erwarten
Torwarthandschuhe, genau die, die Simon sich gewünscht hat. Knieschoner und eine andere Kassette von Rondo Veneziano. Und außerdem und vor allem Turnschuhe, schwarz wie die Nacht.
Simon zieht sie sofort an. Da wird Charly Augen machen!
Er holt den Recorder aus seinem Zimmer und legt die Kassette ein. Kauert sich in den Sessel, schließt die Augen und schwebt mit den ersten Klängen davon.
„Irgendwas fehlt", sagt Opa plötzlich.
Simon öffnet die Augen. Er findet überhaupt nicht, daß was fehlt. Außer Mama natürlich. Aber die will anrufen gegen neun.
„Irgendwas fehlt", beharrt Opa. Er sieht sich suchend im Zimmer um.
Jetzt merkt Simon es auch.
„Euer Geschenk für Don."
„Stimmt!" Opa schnipst mit den Fingern. „Das liegt noch im Schlafzimmer. Komm, du mußt mir tragen helfen."
„Tragen helfen? Ist es denn so groß?"
„Enorm groß", sagt Opa geheimnisumwittert.
Im Schlafzimmer ist es erbärmlich kalt. Noch kälter als im Kühlraum vom Supermarkt. Simon zieht die Schultern zusammen. Und dunkel ist es auch.
„Neben meinem Bett", sagt Opa, „auf dem Computer."
Ah ja. Neben seinem Bett, auf dem ... auf dem COMPUTER?
Licht flammt auf, und da ist er, mit allem, was dazugehört.

Nicht gebraucht, nicht verkratzt und altersschwach, sondern niegelnagelneu! Und auf dem Tower steht ein runder, glänzender, grasgrüner Freßnapf für Don.
„Es war ein Sonderangebot“, sagt Opa. „Außerdem haben wir zusammengelegt, deine Mutter und wir. Es ist ein Ausnahmegeschenk. Immer können wir uns solche Sprünge nicht leisten.“
Oma schmunzelt. „Was wäre das Leben ohne den einen oder anderen Sprung ab und zu?“
Sie tragen den Computer in Simons Zimmer und stellen ihn auf dem Tisch auf.
„Ich hab mal einen Kurs gemacht“, sagt Opa. „Ist zwar schon eine Weile her, aber trotzdem müßte ich ihn ans Laufen kriegen.“
„Oller Aufschneider!“ Oma knufft ihn in die Seite. „Abend für Abend hat er über der Anleitung gebrütet, bis er wieder wußte, wie es funktioniert.“

Um zehn ruft Mama an. Die Telefonzelle, aus der sie sich sonst immer meldet, ist kaputt, und sie mußte eine andere suchen.
„Wie geht's Mario?“ fragt Simon. Es ist ihm eigentlich vollkommen egal, aber es ist Heiligabend, und er will Mama eine Freude machen.
„So lala“, sagt Mama. „Er ist ein schwieriger Patient. Will ständig umhätschelt werden.“ Aber man kann ihr anhören, daß sie ihn gern umhätschelt.
Simon merkt, daß er längst noch nicht fertig ist mit dem, was zwischen Mama und ihm nie gewesen ist. Es versetzt ihm einen Stich.

Und plötzlich weiß er, daß sie überhaupt nicht zusammengelegt haben. Daß der Computer ein Geschenk von Oma und Opa ist. Er weiß es, wie man bestimmte Dinge ganz plötzlich und grundlos und absolut sicher weiß.
Aber das wird er für sich behalten.
„Das Geld ist alle", sagt Mama. Und dann ist das Gespräch zu Ende.

Um halb zwölf machen sie sich auf den Weg. Die Luft ist frostig und klar, der Himmel voller Sterne. Die Fenster der Kapelle leuchten in der Dunkelheit.
Viele sind zur Mitternachtsmesse gekommen. Sie hüsteln und scharren mit den Füßen und rutschen unruhig auf den Bänken hin und her.
Kinder mit Gitarren und Blockflöten spielen Weihnachtslieder. Ein geschmückter Weihnachtsbaum steht neben dem Altar. Das Kerzenlicht wirft flackernde Schatten auf die Wände.
Simon sitzt zwischen Oma und Opa, eingehüllt von ihrem Veilchen- und Waldparfüm und seinem Rasierwasserduft. Er spürt links die Wärme von Oma, rechts die von Opa und auf dem Rücken das Frösteln, das ihn immer befällt, wenn etwas sehr festlich ist.
Er weiß nicht, wie er sich benehmen soll, wann er aufstehen, wann sitzen bleiben soll. Er guckt es einfach bei Oma und Opa ab.
Und dann singen sie alle gemeinsam, und Simon, der den Text nicht kennt, summt leise mit.
Die Marienfigur lächelt ihm zu. Simon stellt sich vor, daß sie später, nachdem alle gegangen sind und es wieder still ist um

sie, daß sie dann doch den Fuß hebt und von ihrem Sockel heruntersteigt. Und tanzt. Vielleicht ist sie nur in der Nacht lebendig, wenn keiner es sieht. Und vielleicht ist das der Grund für ihr Lächeln. Daß sie etwas tut, von dem niemand weiß.

„Ungefähr hier hab ich den Stein gefunden“, sagt Simon, als sie wieder draußen sind.
„Den Nachdenkstein“, brummt Opa zufrieden.
„Wartet ihr mal einen Moment?“
Simon läuft die paar Schritte zu der Aussichtsstelle. In fast jedem der Spielzeughäuschen brennt noch Licht.
Er lauscht, hört, schon weit entfernt, wie sich die Stimmen der Leute den Hügel hinunterschlängeln.
Holt tief Luft.
Breitet die Arme aus.
Und schreit.
„Pscht, Simon!“ Oma blickt sich um wie ertappt. „So ein Lärm an Heiligabend.“
Opa kommt, legt Simon den Arm um die Schultern und schaut mit ihm auf die Häuser hinab.
Er ist eben ein Adler, ein König der Lüfte.
Nur ein Adler kann diesen Schrei verstehn.